AF192180

SZÖLLŐSY ERVIN

ELDURVÍTOTTAK

novum ⬛ pro

Ez a könyv
e-könyvként
is elérhető

© 2024 novum publishing

ISBN 978-3-99146-945-2
Lektor: Sósné Karácsonyi Mária
Borítóképek: HUNGART©, Somogyi József
Borító, tördelés & nyomda:
novum publishing
Szerzői fotó: Szöllősy Ervin

www.novumpublishing.hu

Print product with financial
climate contribution
ClimatePartner.com/16547-2311-1001

FELHÍVOM AZ OLVASÓK FIGYELMÉT, HOGY E KÖNYV A
NYUGALOM MEGZAVARÁSÁRA ALKALMAS
TÖRTÉNETEKET TARTALMAZ.
UGYANAKKOR OLYAN MAGATARTÁSMINTÁKAT MUTAT
BE, MELYEK GARANTÁLTAN MOSOLYT CSALNAK
AZ ARCUKRA.
A TÖRTÉNET SZEREPLŐI KITALÁLT ALAKOK,
MINDENNEMŰ EGYEZÉSÜK A VALÓSÁGGAL CSUPÁN
A VÉLETLEN MŰVE.

Mottó: „A sötétség mindig félelmetes,
legyen az fizikai sötétség, vagy a szellem sötétsége."

(Szöllősy Sándor)

1985. július 27-én, egy szombati napon a Délmagyaroszágban az alábbi, „Disznófej" című egypercesem jelent meg, ami megtette a hatását oda-vissza. Íme, a cikkem.

Mikor bement a vállalathoz, még nem gondolta, milyen napnak néz elébe. Gyorsan megkávézott, és jelentkezett a főnökénél „munkaelosztásra".

A főnökasszony jelentőségteljesen hátradőlt székében, hatalmas tokáján széles aranylánc csillogott. Zöld szemhéja alól nézte előtte álló beosztottját, majd komótosan elővett egy hosszú SAN cigarettát, és rágyújtott. Tudta, tekintélye megköveteli, hogy a hozzá intézett kérdésre mindig egy perc múlva válaszoljon.

– Eddig még nem bíztam meg ilyen nagy feladattal. Sertésfej-értékesítési akciót kezdtünk. Feladata lesz, hogy kimenjen a boltokba, és a reklámtevékenység mellett az üzletvezetőket meggyőzze e kurrens termék kifogástalan minőségéről. És rendelésre bírja őket. Határozottan lépjen fel, és adjon el minél többet belőle. Vigyen magával egy mintát is, a hentesraktárba már leszóltam.

Rövidesen felakasztotta terhét a kerékpár kormányára. Az új városrész felé vette útját, az ottani ABC-ket szemelte ki áldozatul. Nem tudta, hogyan fog majd hozzá, de egyelőre nem is sokat gondolkozott rajta.

Az ABC-ben az üzletvezetőt kereste. Bemutatkozott. Helylyel, majd cigarettával és kávéval kínálták.

– Egy kurrens termék értékesítési akcióját kezdtük el – mondta. – Szeretném, ha minél többet rendelnének, az igényeket korlátlanul ki tudjuk elégíteni.

A üzletvezető érdeklődve figyelte a nagy táskát. Pick szalámit remélt benne, esetleg Fesztivál kolbászt, legrosszabb esetben makói csípőset a reprezentációs alapból. Hősünk nem csigázta tovább az érdeklődést, széles mozdulattal kitette a fejet a dohányzóasztalra. A hatás minden képzeletet felülmúlt. Az üzletvezetőnek remegni kezdett a szája. Nem lehetett tudni, sírásra fog-e görbülni, vagy hamarosan elönti az agyát a vér, s dühöngeni fog. Maga sem tudta pontosan, miként reagáljon: nevessen, tehát tréfának fogja fel az egészet, vagy inkább sírjon. A disznó pedig röhögött. Az egész fej egy nagy, hatalmas szájból állt, tele fogakkal. Az egyik szeme csukva volt, mintha kópésan kacsintana. Úgy tűnt, ő az, aki határozottan élvezi a helyzetet.

A kínos csöndet az üzletvezető törte meg:

– Hát, kérem, ha azt hiszik, hogy mi mindent beveszünk és megveszünk... különben is, ennyi pénzért... Vigye innen a francba ezt a protézist, és mondja meg az illetékeseknek, hogy...

A végszót már nem várta meg. Köszönésfélét makogva elindult az irodából, a bolton keresztül a kijárat felé, lógó orral, hóna alatt, táskájában az irdatlan nagy disznófejjel. Körülötte a vásárlók összesúgtak: „Látta, Mancika, honnan jött ki ez a fiatalember? Az irodából. Biztosan tetten érték. Hiába, ez a mai fiatalság..."

A disznó füle folyton becsúszott a kerékpárküllők közé. Nem bírta sokáig, visszagyömöszölte a táskába, és ráhúzta a cipzárt.

Újra megérkezett, elmondta a mondókáját. Az üzletvezető szép metszésfelületű szalámikat vélt a táskában a reprezentációs alapból. De a táska nem nyílt. A disznó füle becsípődött a cipzárba. Ketten próbálkoztak.

– Majd én tartom – mondta az üzletvezető –, maga meg próbálja a cipzárt. De nehéz, maguk aztán nem szűkölködnek a repi-alappal.

A cipzár hirtelen végigszaladt, és a fej kigurult a táskából. Fogát törve végigszánkázott az irodán, fellökött egy padlóvázát, majd a tapétát bevérezve megállapodott a sarokban és röhögött. Az üzletvezető kb. harminc centire felugrott a levegőbe a megdöbbenéstől, vagy inkább megijedt. Merev arcán a szája szélesre nyílt, elkezdett nevetni. De nevettek az alkalmazot-

tak is, akik a zajra betódultak az irodába. Végül a piackutató-
ból is kitört a nevetés. A helyzet egy film gegjéhez hasonlított.
    – Nézze, elvtárs! – szólalt meg végre csendesen az árudave-
zető, de később egyre jobban ment fel a hangja. – Vigye innen
ezt a förmedvényt! Adja oda a főnökének, csináljon belőle tró-
feát, vagy akassza a tükre helyére, de tüntesse el innen!
    A következő bolt felé hajtva elhatározta, hogy merít mérhe-
tetlen cinizmusából, s a következő árudában már lezser lesz.
Nem fogja feszélyezve érezni magát.
    Határozottan lépett az irodába. Kivette a sertéskoponyát,
és nem szólt egy szót sem. Kitartotta maga elé.
    A fej elkomolyodott, a pimasz vigyor eltűnt róla. Érezte, hogy
itt most a helyzet magaslatán áll. Hősünk átszellemülten, eme
pózban kezdte monológját:
    – Venni vagy nem venni, ez itt a kérdés...
    Az üzletvezető zavartan nézett a piackutatóra. Majd elkérte
belépési engedélyét. Az egyeztetés után még zavartabban csak
ennyit mondott:
    – Köszönöm, de nem kérek belőle.
    Visszaindult a munkahelyére. A disznófej komoran ült a sza-
tyorban. Már nem élvezte a helyzetet. Nemcsak azt sajnálta,
hogy megszületett, hanem talán azt is, hogy meghalt.
    Öt perc múlva járt volna le a munkaidő, mikor kopogott a
főnéni ajtaján.
    – Na, kolléga, mennyit sikerült eladni?
    – Semmit – válaszolta csüggedten.
    A főnöknő arcszíne átváltott vörösre, ráncai kiszélesedtek,
tokája megereszkedett, csak most látszott igazán, milyen csú-
nya. Csupán ennyit sziszegett:
    – Akkor csak azt mondja meg nekem, minek tartjuk magát
itt, minek tartjuk tulajdonképpen?
    Szerintem hülyének.

Ez a cikk, kis barátom, még a Richter-skálán mérve is megrezeg-
tette erősen a környezetemet. A főnéni agyvérzést kapott, engem
kirúgtak az állásomból, ha azt a státuszt egyáltalán állásnak le-

hetett nevezni. Egyébként piackutató voltam egy húsipari vállalatnál. Ehhez a beosztáshoz kapcsolódik még egy jó sztorim.

Mivel a fizetés nem volt magas, a képesítésem pedig megvolt rá, vállaltam éjszakai műszakvezetést a munkahelyemen a piackutatás mellett. A vörösáru-részlegnél vezettem a műszakot éjjel, ahol többek közt a párizsit gyártották, ismertebb nevén a parizert. Egyszer a belső labor jelezte, hogy a parizerben fecal coli van, ami csak emberi ürülékből származhat. El nem tudtuk képzelni, honnan került bele, viszont több mázsás tételeket kellett elkobozni, megsemmisíteni. Nekem szokásom volt, hogy éjszakánként úgy éjfél felé felmentem az üzemből a portára és ott megittam egy kávét, ez körülbelül húsz perc távollét volt. Egy alkalommal, amikor elindultam a porta felé, már jött velem szemben egy másik kolléga, aki jelezte, ne menjek a portára, ugyanis leégett a kotyogós kávéfőző gumija és nincs kávé. Így perceken belül visszaértem a munkaterületemre, ahol a következő kép fogadott.

A parizergyártással megbízott dolgozó fel volt kapaszkodva a kutterre, amiben a parizert gyártják, bekeverik, és vörösödő fejjel, guvadt szemmel éppen beleszart az anyagba. Az én fejem is vörösödött, csak a szemeim kerekedtek. Fellebbent a titok arról, miként kerül fecal coli a parizerbe. Közben egy újságíró megjelentetett egy cikket a helyi lapban, hogy milyen dolog az, hogy egy ilyen nagy városban ahol szalámigyár működik, a boltban nem lehet parizert kapni. Majd kijött a gyárba is, ahol ezt a kérdését feltette a termelési igazgatónak, kereskedelmi igazgatónak, de nem kapott választ a kérdésére. Majd elsétált az ajtóm előtt, ahol ki volt írva: „piackutató". Gondolta, felteszi nekem is a költői kérdését. Én meg csak annyit mondtam: azért, mert az egészbe bele van szarva. Erre felháborodva elment a vezérigazgatóhoz, bepanaszolt, hogy én milyen cinikus vagyok, ő komolyan végzi a dolgát és ilyen válaszokat kap. Majd a vezérigazgató révedt tekintettel, és körülbelül azzal a hangsúllyal, hogy „az oroszok már a spájzban vannak" csak annyit mondott: a parizerbe tényleg bele lett szarva, nem egyszer, többször is. Ezután ő kisebb megdorgálást kapott őszintesége miatt felsőbb szintről, engem meg kirúgtak, most már dupla okból kifolyólag.

Elhelyezkedési gondjaim akkor még nem voltak, mert „just in time" behívtak katonának.

Sokáig bíztam a kossuthi „csak az jöjjön katonának, aki ilyet szeret"-ben, de nem volt apelláta, be kellett vonulni. Ráadásul homokszem került a hadkiegészítő parancsnokság gépezetébe, mert engem, mint kezdő mérnököt, nem a mérnökszázadba hívtak be „rigónak".

Mint később kiderült, a helyi hadkiegészítő parancsnokságon a katonakönyvemben az iskolai végzettségnél a 6 elemit – azaz hat elemi – írtak be. Így azt a miliőt, ahova kerültem, így lehetne jellemezni:

„Sivár falak porlanak,
Sivár agyak konganak,
Kényszerítve sokakat."

Az éjszakák félelemben teltek itt, kis barátom. Például, ha az emeletes ágyon halkan (amennyire ez lehetséges) onanizálni próbáltál, az alsó ágyról egy cigánynak öltözött katona (egyébként a tizenhat fős körletből tizennégyen alkották ők a kisebbséget, mi ketten a haverommal pedig a fehérbőrű többséget), csak ennyit mondott: „ha tovább nyikorgatod az ágyat, rögvest kieresztöm a véröd a lóhúgy közé".

Hogy lóhúgy hol lett volna a közelben, azt nem tudom, de félreérthetetlen megnyilvánulása volt ez az öncélú agressziónak, és az intonációjából érződött, hogy komoly fenyegetésnek szánta.

A nappalok azért voltak félelmetesebbek, kis barátom, mert ha kiröhögtél egy tisztet, azonnal becsuktak. Én például több időt töltöttem fogdában a laktanyában, mint szabadlábon. Rendszeresek voltak az ilyen félreérthető parancsok, mint például:

– Szöllősy honvéd!

– Parancs, Bokor törzszászlós elvtárs!

– Holnapután jönnek hozzánk a pizsamások (érts rajta vezérőrnagyokat), ezért olyan tiszta legyen a külső körlet, mint az oltárterítő. Úgyhogy fogja azt a szart, aztán annak mög basszon valamit.

11

– Törzszászlós elvtárs, kérem a parancs megismétlését!

– Nem érti, maga barom, hogy fogja már azt a szart, amannak mög basszon már valamit!

(Hosszas conversation után kiderült, hogy a szar az egy sövénynyíró olló, a szaporodásra buzdító szó pedig a sövény egyenletes megnyírását jelentette. Persze ezzel még az épületes parancsok nem értek véget, de mint később kiderül, a parancsot akadályoztatásom miatt nem kellett vérehajtanom.)

– Ha ezzel készen van, akkor még lesz munkája, de addig, míg el nem felejtöm, maguk négyen, az a trió, jöjjenek csak ide! Az alakulótér előtti lebarnult füvet fessék be zöldre, olajfestéket vételezzenek a raktárból! Ha valamit elbasznak, lecsukatom magukat tíz napra, ha nem elég, egy hétre! Na, vissza a Szöllősyhöz! Ha végzett, amivel mögbíztam, akkor az alakulótér mögötti füves területről típködje ki a kanpitypangot!

– Elnézést törzszászlós elvtárs, de ismét kérem a parancs megismétlését!

– Elég nehéz fölfogású maga, honvéd. Tudatom, hogy az elvirágzott pitypangokat szedje ki az alakulótér mögül.

– Törzszászlós elvtárs, a taraxacum officinalisra gondol?

– Gúnyolódik velem, mit beszél hozzám itt jugójú?! Parancsmögtagadás! Állítsák ki a fogdajegyet, Szöllősy irány a kóter, szóljon közben Kovács honvédnek, küldje hozzám.

(Megjegyzem, Kovács honvéd egyébként kutató biológus volt és tudományos segédmunkatársként dolgozott egy intézetben, csak a hadkiegen nála is homokszem csúszott a gépezetbe.)

– Jelentkezem, törzszászlós elvtárs.

– Na, Kovács! Ezt a baromarcú Szöllősyt lecsukattam, úgyhogy maga tépkedje ki a kanpitypangokat. De azt hiszöm, ez nem degradáns magának, hiszen maga civil életben is olyan segédmunkásféle.

– Értettem, törzszászlós elvtárs!

Egyébként, kis barátom, nem volt ez egy rossz laktanya. Annak is megvannak az előnyei, ha a tisztek nem az akadémia levelező tagjai. Én például többször, délelőttönként el tudtam menni eltávra azzal az ürüggyel, hogy fitymaszűkületem van, és tisztálkodás hiányában (hetente egyszer volt melegvíz) ki kell járnom, hogy speciális folyadékkal a helyi SZTK-ban mossák a bohóc fejét. Ez ment is egy darabig, míg egyszer a körletben Bokor törzszászlós el nem ordította magát:

– Tudja, Szöllősy, mikor engedöm ki többet ülőfürdőre? Majd fogja a csajkáját, belebassza a kamillateát, és abba lobozza a farkát. Meg vagyok értve?

– Értettem, törzszászlós elvtárs.

Amúgy, kis barátom, nem volt annyira rossz fej ez a Bokor. Amikor egy újabb eltávról például másfél órát késtem, mert a bohóc fejét polírozták, de nem az SZTK-ban, hanem a helyi rendelőintézet egyik plafonfigyelője az otthonában (mert a paraszolvencia nélküli éhbért az egészségügyben már akkor is ki kellett egészíteni, kinek-kinek a saját területén, képességei szerint), megcsúsztam a visszaéréssel. Látótávolságba érve, már messziről ordította:

– Készítsék a fogdajegyet a Szöllősynek!

– Törzszászlós elvtárs, igaz, hogy késtem, be is kaptam egy kicsit, de hát neki vagyok keseredve. A fitymaszűkületemet operálni kell, utána viszont hat hétig csak alantas anyagcserefolyamatokra lehet használnom a lompost, de a muffot más tömi degeszre, nem én.

És képzeld, kis barátom, megtörtént a csoda. Először is, a fogdajegyet visszavitette, és valami emberséges tekintettel nézett rám, mintha legalábbis távollétemben üvegre cseréltette volna vizenyős szemeit. Eleinte nem értettem a dolgot. Aztán kiderült, hogy őt egy dologgal lehet levenni a lábáról: ha a szerszámodat nem tudod használni. Nála prioritást kapott valamennyi élethelyzetben az orgazmus. Például egy eltávozás-kérelem temetésre ekképp zajlott:

– Törzszászlós elvtárs, Balogh honvéd kérem, adjon eltávot a nagyanyám temetésére.

– Adom, adom, azt a búbánatos faszom.

Tehát, rokonod temetésére nem engedett haza, de duzzadó libidód enyhítésére bármikor adott egy eltávozást.

Laktanyák között igazán lényeges különbségek nem voltak. Többnyire egy tizennyolc hónapos ciklus alatt több laktanyát is kipróbálhattál. Általában ha valahol kihúztad a gyufát vagy rendkívüli eseményt idéztél elő, akkor továbbvezényeltek. Én az a gyufakihúzós típus voltam, ergo öt laktanyát végigjártam-végigültem.

Az ötödik laktanyában volt életem legemlékezetesebb eligazítása és szemináriuma, amit egy olyan alezredes tartott, mint politikai tiszt, akinek a cortexe az almahéjra hasonlított. Röviden a lényege ez volt:

– Na, elvtársak, mielőtt elkezdeném a szemináriumot, rövid eligazítást tartok. Az alegységügyelet és a kapuszolgálat tarcsa egymással a konfliktust! Mit röhögnek? Kontaktust akartam mondani én is! Azért, mert nem végeztem egyemetöt, attul még vagyok olyan fenomé, mint bárki. Na, vágjunk bele akkor a szemináriumba. Mit röhög már mögint, Szöllősy? Tudja, Szöllősy honvéd, itt nálunk a legfontosabb a maguk ideológiai képzése, ezért ne röhögjön, mert rögvest lecsukatom. Ma két fontos dolgot tudatok magukkal. Az egyik: talán elmondanám, hogy a Csepel teherautókat ugyan mán nem gyárcsák, de bármikor mög tudjuk állítani velük a NATO csapatait.

– Gyártják.

– Hülye maga, Szöllősy, nem figyel? Most mondtam, hogy nem gyárcsák! A másik: a szocializmus eddig a világ egytizedén győzött már. De tudja, mit mondok magának? A világ egy század-, sőt továbbmegyek, a világ egy ezredrészén is győzni fog.

Kis barátom, az alezredes elvtársnak komoly problémái voltak a törtekkel. Azt hitte, hogy ha a nevezőt növeli, akkor...

Persze voltak igazán szomorú esetek is. Emlékszel még, kis barátom az EDDA Torony című számára? Eszmei mondanivalója körülbelül ennyi: őrződ a semmit.

Egy dél-alföldi laktanyában, Hmvhelyen az egyik őr az őrtoronyba felvitt egy hősugárzót (elektromosat), meg egy üveg hosszúnyakú bort. A hősugárzót az őrsuba alá tette (úgy mínusz 15 fok lehetett a toronyban), a bort pedig megitta. Kitalálhatod a továbbiakat. Elaludt, a suba meggyulladt, az őr megégett. A kórház a laktanyától két kilométerre lehetett, de az ügyeletes tiszt úgy döntött, a Kecskeméti Honvédkórházba kell vinni a saját katonai mentőnkkel. Esélyünk sem volt, hogy száz kilométerre élve odaérjünk vele. Az első húsz kilométer alatt elviselhetetlenül ordított fájdalmában, de a negyvenedik kilométert már nem élte meg. Feleúton járhattunk, amikor már teljesen hideg volt a teste, hiszen az összes ablak le volt nyitva, ugyanis elviselhetetlen volt az égett hús szaga. Éjfél fele járhatott az idő, amikor megálltunk egy bizonytalan kocsma, vagy éjjeli bár előtt. Egy üveg konyakot és két sört kértünk. A kísérő tiszt és a pultos között az alábbi párbeszéd zajlott:

– Hova mennek?

– Kecskemétre, a központi katonai kórházba.

– Melyikük a beteg?

– Egyikünk sem.

– Hát akkor visznek valamit ilyen későn?

– Csak egy hullát.

– Nagyon humoros – mondta, majd egy mozdulattal besöpörte a pultról a pénzt a kasszába.

Az első újjászületésem egyébként 1983. január 21-én történt. Egy bakonyi hadgyakorlatról tértünk volna haza, kevesebb mint mínusz 10 fok volt. Rakodtunk holtfáradtan a vagonokba. Amikor kész lettünk, elcigázva álltunk a kocsik mellett a rohadt hidegben. Egy tiszt megsajnált bennünket, és engedte, hogy beszálljunk három kocsiba, mielőtt a mozdony rácsatlakozott volna. Sokan gyorsan elaludtak a fáradtságtól, én ébren maradtam. Majd arra lettem figyelmes, hogy a szerelvény lassan elindul, de nem volt érezhető, hogy mozdony húzna bennünket. Szóltam is a haveromnak, de azt mondta, valószínű tolnak bennünket. Ez volt élete utolsó mondata. A televízió hírei úgy mondták be, hogy három vagon megfutamodott. Igazából nem voltak jól kiékelve, és elszabadultak. A lejtős pályán hamarosan begyorsultak, és 130 kilométer per órás sebességgel beleszaladtunk az előttünk lassan haladó tehervonatba. Ez volt a herendi vasúti szerencsétlenség.

Öt kiskatona a helyszínen meghalt. Nagyon sok volt a sebesült, én kirepültem többedmagammal az ablakon. Karcolásokkal, zúzódásokkal megúsztam. Egyik srác, aki folyton zabált, ahogyan akkor is, szájzárat kapott a sokktól és fuldoklott. Zsebkéssel feszítettem szét a száját, közben az első fogait letördelve, a résen próbáltam kiszedni a szájából az ételmaradékot, hogy meg ne fulladjon. Leszerelésig úgy csúfoltuk a fogai miatt, hogy „csorbacsík minden szarba belecsíp". Kicsi Polauf, azóta biztosan megcsináltattad a kirakatot, mert elég hülyén néztél ki, de legalább túlélted.

Aztán, kis barátom, ismét rám mosolygott a halál. Szintén hadgyakorlaton történt, méghozzá a baráti szovjet katonaelvtársakkal összevont gyakorlaton. A szovjet kiskatonákkal gyakorlatozni annyira volt biztonságos, mint egy öngyilkos terroristát szorosan átölelni, mielőtt működésbe hozza a magára erősített bombát. Én már el sem akartam menni rá, mert nem éreztem jól magam, meg voltam fázva, hőemelkedés stb. Jelentkeztem is a gyengélkedőn, de a vasesztergályos egészségügyi katona azt mondta, szimulálok. Így hát, mint híradós honvéd, a vízszintes hóesésben építettem ki a hegyekben a telefonvonalakat. Majd másnap kitalálta egy retardált tiszt, hogy játsszunk olyat, hogy „kilőtték" a konyhát, ergo 24 óráig nem lehet semmit enni. (Persze a tisztek két pofára zabáltak végig, és volt olyan, aki az egyhetes hadgyakorlatra 14 liter pálinkát hozott magával).

Nekem volt egy dugi májkrémkonzervem – lehetett vagy 3 éves – a rosszabb napokra, és úgy döntöttem, hogy most ez az. Mivel szigorított fogdába került az, aki evett a „kilőtt konyha" ideje alatt, úgy láttam jónak, ha ezt a WC-nek becézett szarógödör mellett titokban megeszem, amíg egyáltalán a mínusz 10 fokban az elgémberedett ujjaimmal fel tudom bontani. Majd letelt a 24 órás „konyhakilövés", és a szakács gulyáslevest főzött, jó sűrűn és sok hússal. A kétszáz literes kondérban megfőtt az a finom étek, de a szakács iszonyatosan be volt rúgva a táplálkozás-stop dacára, valószínűleg attól a pálinkától, amit az a tiszt árult ötszáz százalékos árréssel, aki a 14 litert magával hozta.

Majd elkezdődött volna a kaja kiosztása; szerintem így várhatták valamikos a Messiást. A szakács mozgáskoordinációja nem volt már megfelelő, megtántorodott, a kondér fölé hajolt, és sugárban beleokádott a levesbe. Úgy ledöbbentünk, hogy nem tudtunk mozdulni. Aztán a legkonstruktívabb haverom tésztaszűrővel elkezdte leszűrni a hányadékot a leves tetejéről, majd az így ÁNTSZ által is higiénésnek nyilvánított levest elkezdtük felzabálni. A fagocitálás befejezése után viszont szakácsot még nem vertek el úgy, ahogy azt mi tettük.

(Zárójelben megjegyezném, hogy a mai fiataloknak sem ártana Gyóni Géza verse alapján – *Csak egy éjszakára küldjétek el őket* címmel – ha nem is 18 hónapos szolgálat, de legalább egyhónapos, turbósított változat. Eszembe jutott egykori Sandi doktornő barátnőm, akinek volt két elkényeztetett barom fia. Az a fajta, aki sem dolgozni, sem tanulni nem akar, lusta, de a tutit azt megmondja. Sandi doktornőt, ha sokkal korábban született volna, abban az esetben azért nem vették volna fel a helyi TSZCS-be, mert csak „két baromfija" volt. Szóval az egyik fiát, a kis Bencust 22 éves korában, szombaton délelőtt 11 órakor csak úgy lehetett felébreszteni, ha az anyja vitt magával egy bögre kakaót a gyerek ágyához, benne szívószállal. Ilyenkor a kis Bencus nem emelte fel a fejét a párnáról, csak elfordította, és kiszívta a bögre tartalmát. Elképzelem a kis Bencust, amint a kondérból lefetyeli a felülúszótól mentesített, hányadékkal kozmetikált levest. Na, mindenesetre Sandi doktornőnek csak egy „fazekas" tudott két ilyen köcsögöt csinálni.)

Kilépve a zárójelből és visszatérve az elfogyasztott leves utánra, este a dobkályhánál a sátorban melegedtünk. Elölről a pofámról a bőrt majd' leégette a kályha, a hátamon meg a mikádóra rá volt fagyva a hó. Éjszaka már nagyon rosszul voltam, és mondtam, szállítsanak kórházba, mert magas lázam lehet. Azt mondták, majd pár nap múlva vége a gyakorlatnak, addigra már én is jobban leszek. Hajnalra valami furcsa látomásom vagy álmom lehetett, aminek a lényege az volt, hogy ha ott maradok, akkor meg fogok halni. Valószínűleg combon szúrhattam magam (a mai napig egy féltenyérnyi helyen, a jobb combom belső részén van egy vágás, és mintha ott elhalt volna az izom egy része, mert sokkal vékonyabb, mint a másik lábamon), majd a kórházban tértem magamhoz.

Ahogy a társaim elmondták, iszonyatosan elkezdtem ordítozni a sátorban, majd a kést beleszúrtam a lábomba. Sok vért vesztettem, a combomon nyílt seb lett és bevittek a kórházba, hogy varrják össze, de közben attól féltek, hogy elvérzek. A látomásom vagy az álmom azzal folytatódott, hogy egy orvos vizsgál, aki azt mondja a nővérnek, hogy „Ennek a katonának a legkisebb baja a vágás. Magas a láza, és alig van légfelülete a tüdejének, központi tüdőgyulladás". Fel is vettek azonnal az intenzívre. Az álom még ment tovább azzal, hogy az intenzívre később éjszaka behoztak egy balesetes motorost; olyan fejsérülése volt, hogy nem tudták levenni a fejéről a sisakot. A nővér azt mondta a dokinak, hogy most nincs hely az intenzíven, de nemsokára lesz, mert a kiskatona reggelre biztos meghal. Aztán egy idő után magamhoz tértem, és levittek osztályra. Amikor a nővér meglátott, a csodálkozástól két lépést lassan hátralépett, és Michael Jacksont játszva leszakadt az álla. Azt hitte ugyanis, hogy már napokkal előtte meghaltam.

Aztán fokozatosan erősödtem, majd egy hét múlva mondtam a nővérkének, hogy a lábairól mindig a Toldi jut eszembe.

– Miért, talán vastagok? – kérdezte.

– Dehogy, csak tudja: „hejh, ha én is köztetek lehetnék."

Másnap gyógyultnak nyilvánítottak és visszaküldtek a seregbe, hogy tovább védjem az országot az imperializmustól.

Mint később bebizonyosodott, az imperializmussal szemben a csatát elvesztettük, de még ezek előtt volt egy pár „balhém" laktanyákban, mert mint korábban említettem, engem mindig továbbvezényeltek.

Voltam például a Szegedi Katonai Ügyészségen is, méghozzá fotós és őrparancsnok minősítésben. Kellett hozzá erős gyomor, és az erős gyomorhoz meg erős pia. A RES-t (rendkívüli eseményt) általában telefonon kaptuk, sokszor polgárvédelmi vonalon, aztán indulni kellett nekem, mint fotósnak az ügyésszel, sofőrrel a tetthelyre. Általában kiskatonák öngyilkosságához riasztottak bennünket. Sokszor fényképeztem akasztott honvéd nyakán a kötélnyomokat; amikor a határőr főbe lőtte magát, a tízméteres körben szétszóródott koponyacsontokat és agyvelőt; amikor a féltékeny hadnagy a feleségét többször mellbe lőtte – emlékszem, az egyik golyó pont a mellbimbón keresztül hatolt be. Persze ezeket a fotókat nekem kellett előhívni az ügyészség fotólaborjában, nem lehetett a filmet beadni a helyi OFOTÉRT-be. Nyomasztó volt. Mégsem ezek az esetek buktattak ki, hanem amikor a fogdába behoztak egy rendőrt. Ugyanis az ügyészség harmadik emeletén volt három fogda, ahol nagyon ritkán voltak rabok, és ne kérdezd, kis barátom, mi okból és miért, csak pár napig voltak „elszállásolva". A rendőr azért került be, mert kiment a kocsijával egy tanyára egy családhoz, ahol megvádolta a 16 éves lányukat, hogy csokit lopott a boltból és ezért elő kell állítania, majd az őrsre vezető útról letérve a rendőrautóban megerőszakolta a kislányt. A lopásból egy szó sem volt igaz, majd a rendőr bekerült hozzánk. Kísértük fel a katonatársammal bilincsben a fogdába, nyitottuk a cellaajtót, és csak annyit szólt be, hogy „Odakint ne találkozzunk". Jeleztem neki, hogy mi odakint sokáig nem fogunk találkozni, mert hamarosan bekerül egy olyan fegyházba, ahol az ilyen erőszakolós rendőröket nagyon várják. Mondtam neki, hogy annyiszor meg fogják kúrni, hogy reggelente úgy fogja érezni a seggét, mintha egy vonat ment volna keresztül rajta. A nyomaték kedvéért iszonyatosat behúztam neki. Akkoriban küzdősportoltam, elég jó erőben voltam. Másnap az elöljárónak jelentette, hogy bántalmazás érte. Bizonyítani nem tudta 1:2 arányban velünk szemben, de azért engem az érdemeim elismerése mellett elvezényeltek az ügyészségről egy szegedi laktanyába.

Ez volt az ötödik állomáshelyem a katonaság alatt, és itt már nagyon vártak. Ugyanis a korábbi helyekről vittem a káderlapom, amin lefestettek annyira, hogy szívattak itt a Vorosilov laktanyában, ahogyan csak bírtak. Minden másnap 24 órás szolgálatba raktak, állandóan az ÜTI-helyettest (más néven TBK-s) és az őrséget nyomattam. Nem engedtek el eltávozásra sem. Ezért amikor magamnál voltam az álmatlanságtól, kiszöktem éjszakán-

19

ként, hiszen mint állandóan őrséget adó, ismertem az őreinket. Viszont nem ismertem a közvetlen mellettünk lévő Zalka laktanya őreit. Ugyanis volt egy olyan rendelet (?) vagy hallgatólagos szabály, hogy ha egy őr szökést lát, akkor azonnal felszólíthatja a szökevényt, hogy álljon meg, és ha nem teszi, akkor rálőhet, lelőheti. Ha egy őr elfog egy szökevényt, azonnal kap 3 nap jutalomszabadságot, ha agyonlövi a szökevényt, akkor azonnal leszerelik. Elég sok szarházi erre játszott rá. A szökést azért itt úgy kell definiálni, hogy nem engedtek ki a laktanyából valakit hónapokig, akkor az illető kiszökött vagy egy-két sört meginni, vagy a barátnőjéhez Ekkor viszont mindig kockáztatta, hogy lelőhetik. Korábban fotóztam olyan katonának a holttestét, akit az őr szökés közben agyonlőtt. Egyszer, amikor éjszaka az illegalitásból, egy helyi kocsmából tértem vissza a laktanyába hónom alatt 3 sörrel, felszólított a Zalka laktanya őre, hogy azonnal álljak meg, mert észrevett. Először még vissza is pofáztam neki, de amikor hallottam, hogy csőre tölti a géppisztolyt (ez egy nagyon jellegzetes hang), elkezdtem futni, eldobálva a söreimet, cikk-cakkban. Több lövést is leadott; hogy csak a levegőbe-e vagy célzottat, azt sosem tudtam meg. Ez 1983 februárjában volt. Próbáltam az őr kilétéről érdeklődni, de teljes hírzárlatot rendeltek el.

Ebben a laktanyában volt egy törzsfőnök, a Géci főhadnagy, de a mentalitása is olyan volt, mint a vezetékneve ékezet nélkül. Ő kísért többször át bennünket a Zalka laktanya étkezdéjébe ebédelni, ami egy kötelező napirendi pont volt. Emlékszem, sokáig helyben kellett járni az étkezde előtt katonadalokat énekelve, majd bemehettünk, és tálcán elvihettük az asztalokra a levest és a második fogást. A leves olyan forró volt, hogy a beletett kanál nyelét sem tudtuk megfogni. Éppen elkezdtük fújkálni, mert dög éhesek voltunk, amikor megszólalt Géci hadnagy: „Egészségükre, elvtársak, föl" – és menni kellett vissza a laktanyába. Ilyenkor még volt annyi időnk, hogy a kantinban bevásároljunk ennivalót. Feltűnt, hogy ez a nagy sietség mindig akkor van, amikor ő ebédeltet bennünket. Kiderült, hogy a kantinos a rokona, és ilyen esetekben mindig kapott valami jutalékot a vevő-többletkör után.

Egyébként, ha élsz még, rohadj meg, Géci Feri!

Elég sok rossz dolog történt velem a seregben, és mivel már csak fél évem volt hátra, megpróbáltam kussolni, hátha eljön végül a leszerelés napja.

A kussolás megfogadásának dacára itt következett be a legnagyobb kálváriám. ÜTI-helyettes (TBK-s) voltam, ez ilyen kis létszámú laktanyában a TBK-s fedőnevet használta. Feladatom volt az ügyeletes tiszti teendők ellátása, amikor az ÜTI pihent (aludt). Be kellett körtelefon esetében jelentkezni, hogy: „hatos jelentkezem", és ha kérdezték a jelszavainkat, akkor bemondani: „coma berenices", „Austerlitzi nap" és a „Fehér ló fia" – ez azonosította a Vorosilov laktanyát Szegeden, amit már évtizedekkel ezelőtt elbontottak, lakópark van a helyén, és szerintem a jelszavakra, de a laktanyára sem emlékszik senki.

Ott tartottam, kis barátom, hogy mint ÜTI-helyettes, alias TBK-s, jelentkeztettem az őrséget és elrendeltem a váltást. Ilyenkor a pihenőre térő őrök ürítették a géppisztolyukat. Kivették a tárat, csőre rántották a géppisztolyt, hogy ha véletlenül lenne benne lőszer, az kivetődjön, és utána elhúzták az elsütőbillentyűt.

Az egyik honvéd elkövette azt a hibát, hogy a tárkivétel után nem rántotta csőre a fegyvert, hanem egyből elhúzta az elsütőbillentyűt. És megtörtént a tragédia! Volt a csőben egy töltény, így az előtte lévő katonatársát hátba lőtte, akinek volt még ereje „kurva anyádat" mondani, és összeesett, miután a hátán behatoló ólomgolyó a hasán keresztül távozott.

Ekkor felébredt az ÜTI, én ordítottam, a katonák ordítottak, és tócsában állt a vér.

Emlékszel még erre a szituációra, ugye, Szente, alias Hervadt csúf nevű honvédtársam, te, aki belelőttél egy családapába? Eszedbe szokott még jutni, amikor Szegeden taxizol?

Na, szóval ott tartottam, hogy nagy volt a fennforgás, de a káoszban próbáltam azonnal mentőt hívni. Az ÜTI viszont lenyomta a telefont és azt a parancsot adta, hogy álljunk elő a saját mentőnkkel és vigyük a sebesültet a Kecskeméti Honvédkórházba. Átfutott az agyamon, hogy anno hiba volt a megégett hódmezővásárhelyi katonát is Kecskemétre vinni a saját gépkocsinkkal – lehet, ha a helyi kórházba visszük, akkor megmaradt volna. Az is lehet, hogy akkor is meghal, de legalább a fájdalmait enyhítették volna.

Próbáltam újra hívni a szegedi mentőállomást, majd az ÜTI ismét ki akarta venni a kezemből a telefont, közben azt ordította, hogy parancsmegtagadás miatt hadbíróság elé állít, és úgy lecsukat, hogy még a műanyag lakat is rám fog rozsdásodni. Ekkor ütöttem le. Majd jött a mentő, a srácot elvitték a II-es számú kórházba és azonnal megműtötték. Aztán megérkezett a katonai ügyészség. Ugyanaz az ügyész jött, akivel korábban dolgoztam a katonai ügyészségen. Nem volt fotósuk, és mivel ő eléggé ügyetlen volt, én készítettem a fényképezőgépével képeket a helyszínről. Közben magához tért az ÜTI, elmondta, hogy parancsmegtagadást követtem el és meg akartam ölni.

Majd ezután elindult a kálváriám.

Ahhoz, hogy hadbíróság elé állítsanak, előtte az épelméjűségemet ki kellett vizsgálniuk, ezért aznap éjszakára bevittek az ügyészség fogdájába, abba a cellába, ahol a rendőrt anno szájon vágtam. Másnap rabkocsi vitt a Kecskeméti Honvédkórház idegosztályára, a zárt részlegre.

Kezdődtek a vizsgálatok. Több száz teszt, agyvízminta-vétel, utóbbi eléggé fájdalmas volt, különösen másnap. Rengeteg vizsgálaton mentem keresztül, ugyanakkor végig úgy bántak velem, mint egy bűnözővel. WC-re őr kísért pórázon – próbálj, kis barátom, úgy árnyékszékezni, hogy egy méterre állnak melletted és közben a kurva anyádat szidják.

A kórterem amúgy nagyon elit volt. Egy idősebb, normális tiszt, akinek nagyon szép volt a felesége, és azért, hogy a főnöke nyugodtan dughassa az asszonyát, parancsba adta kivizsgálását. Aztán volt egy fiatal, alkoholista katona még, aztán még egy honvéd, aki epilepsziás volt, meg egy csúcs karakter, aki folyton azt mondta: „ez nem az a papír". Ha a nevét kérdezted, ha köszöntél, ha megkérdezted, hogy van, mindig az volt a válasza: „ez nem az a papír". Három hétig voltam vele együtt bent, folya-

22

matosan vizsgálták őt is szinte mindenre, de bármilyen kérdést feltettek neki orvosok, nővérek, pszichológusok, mindenre csak azt mondta: „ez nem az a papír". Egyébként egy hónapja vonult be, egyből a kórházba szállították, még 17 hónapja volt vissza a katonaságból. Majd 3 hét után FÜV (felülvizsgálatibizottság) elé állították. A bizottság elnöke ezredes volt, de őrnagyi rang alatt nem volt senki. Főleg orvosokból állt a csapat, de volt köztük természetesen politikai tiszt is. Előttük volt több kiló orvosi papír, vélemény, kérdezték még pár dologról, de a válasz üveges szemmel csak annyi volt: „ez nem az a papír".

Majd le „FÜV"-ezték, ezt mi így mondtuk, vagyis kiállítottak egy határozatot, hogy sorkatonai szolgálatra alkalmatlan. Egykedvűen fogadta, rezzenéstelen arccal. Később felöltözött, és amikor egyedül voltam a kórteremben, már rajta volt a kabátja is, hogy megy haza, hirtelen szokatlan értelem csillant meg a szemében. Ahogy ott állt előttem, rám mosolygott – amit eddig sosem tett –, elővette alkalmatlansági leszerelési bizonylatát, meglobogtatta előttem és azt mondta: „látod, baszd meg, Ervin, hát ez az a papír"!

Ki merem jelenteni, hogy nagyon sok Jászai-díjas színész ezt így élesben nem tudta volna eljátszani.

Kis barátom, viszont téged az érdekelne, hogy mi lett velem.

Az én végeredményem nem volt ennyire pozitív. 45 napig voltam az osztályon, leírták rólam szakvéleményben, hogy a szociális beilleszkedés zavarát mutató egyéniség vagyok, maniert viselkedésű, nagyfokú pszichomotoros bizarrériával és borderline személyiségzavarom van. (Ezzel az utóbbival több civil pszichiáter vitatkozna, ugyanis ne felejtsük el, hogy a diagnózist katonaorvosok állították fel.) Aztán végül is a meglőtt katona felgyógyult, bizonyságot nyert az, hogy ha Kecskemétre szállították volna, akkor hamarosan elvérzik, így a parancsmegtagadás vádját ejtették velem szemben. Viszont az elöljáró súlyos bántalmazása, ha nem is a megölésére irányult, az maradt, a végeredmény 6 hónap letöltendő katonai fegyház. Ami viszont nem számít bele a civil életbe, tehát büntetlen előéletű vagyok! Aztán letöltöttem.

Sorolhatnám a sok jó sztorit és szomorú, katonaságommal kapcsolatos történeteket a végletekig.

Gondold csak el, amikor ezek a kvalitású tisztek egy hadgyakorlatot levezényeltek. Hány súlyos és halálos baleset történt közben, hányan lettek öngyilkosok a katonaság „nevelő hatása alatt". Ja, hogy ez belefér a százalékba?

Erre mondta Éva az Ember tragédiájában: „néked egy szám, nékem a világ".

Tudom azt, hogy háborúban sok katona és polgári személy elveszti az életét, és ez borzasztó. De az egy – hogyan is fejezzem ki magam – történelmi helyzet. Itt viszont békeidőszakban, túlnyomó részben buta, súlyos alkoholista, rosszindulatú, arrogáns tisztek által meghozott döntések, elavult technika miatt haltak meg, nyomorodtak le fiatal, egészséges, félig-meddig gyerekek, akik a polgári életben másfél év alatt sok hasznos dolgot tehettek volna. Ehelyett a tűző napon teljes menetfelszerelésben erőltetett menetben gyalogoltatták őket, és amikor a felső nyaki inggombjukat kigombolták, rájuk ordított a tiszthelyettes, hogy „gombolkozzon be az elvtárs mert megfázik". Pihenéskép pedig hallgathatták, hogy a negyvenéves Csepel teherautóval és az elavult technikánkkal hogyan fogjuk legyőzni a NATO-t, ahova aztán 20 év múlva csatlakoztunk.

Persze, mint mindennek – a jónak és rossznak egyaránt –, eljött a vége. Leszereltem – mint honvéd.

De még annyit hozzátennék a sorkatonai szolgálattal kapcsolatban, hogy a családunkban történt tragédia. Nevelő nagyapám mesélte, hogy sorkatonai szolgálatra bevonult fiát 22 éves korában gyakorlaton agyonlőtték. Húsvétkor történt, várták haza – ahogy mesélte. Fia helyett jött egy távirat, a postás hozta ki. Nagyanyámmal egymás kezéből kapkodták ki, hogy melyik olvassa el előbb a jó hírt, elvégre jön haza a fiú, biztos szabadságot kapott az ünnepekre. A nagyanyám győzött, ő bontotta fel és olvasta el először a hírt. Majd összeesett. Nevelő nagyapám kivette ájult nagyanyám kezéből a táviratot, elolvasta, és ő is elájult. Ugyanis a hír az volt, hogy a fiukat hadgyakorlaton agyonlőtték. Zárt koporsóban volt a temetés, nem lehetett a halottat megnézni.

Negyven év múlva a temetőre lakóparkot építettek, így aki akarta, a csontokat felszedhette, elhamvaszthatta, és elvihette másik temetőbe. Ők ezt már nem érték meg – jobb is. Ugyanis a csontváz fele feje és az egyik lába teljesen hiányzott, ami nem lőtt sebre utalt; valószínűleg egy kézigránátot vághattak hozzá. Valószínűleg az a tiszt tette, aki már bevonulása után rögtön féltékeny volt rá – hogy mi okból, azt felesleges volna ilyen hosszú idő távlatából részletezni.

Munkahelyem ezidőtájt nem volt a „disznófej" miatt. A Kádár-korszakban viszont ez nem volt egyáltalán megszokott. Ha három napig nem dolgoztál, „KMK"-s lettél (fiatal generáció, figyelj! KMK = közveszélyes munkakerülő).

Ekkor a személyi igazolványomból még nem írattam ki a munkaviszonyom megszűnését, így egy kicsit nyugodt voltam. Személyimben a *beosztása* rovatnál ez állt, mint már korábban mondottam: piackutató.

A városban, ahol éltem, volt (ma már nincs) egy piac, ahol a jugók (akkor még jugoszlávok) árultak. Farmert, jersey anyagot és metanol-gyanús Napoleon vinjakot. Kimentem hát én is, vettem két üveg lét a májfunkcióm dresszírozására (adtam életemben egy pár nagy pofont a SGOT-nak, GPT-nek), mikor is a piac négy sarkán megjelentek a rendőrök abból a lószarrugdosó fajtából, és szépen elkezdték igazoltatni a vásárlókat. A farmereket, piát elkobozták, a vásárlók egy része beült a meseautóba, mire hozzám lépett az egyik fakabát:

– Igazolja magát az elvtárs, a tárgyi bizonyíték értékű tömény alkoholos italokat pedig szolgáltassa át.

Hát, kis barátom, ahogy elkezdte lapozgatni a személyimet, a piára keresztet vetettem már – *csak be ne zsuppoljon*, gondoltam –, mikor hirtelen fordulatot vett az ügy menete. Haptákba vágta magát, visszaadta az italokat, szalutált, és csak ennyit mondott:

– Elnézést, elvtárs, nem tudtam, hogy ön is csak a munkáját végzi.

Ugyanis ekkor olvashatta el a „piackutató" beosztásomat, és úgy gondolta, hogy én is, mint hivatali bunkó, éppen mások lebuktatásával foglalatoskodom. Tényleg, dolgozunk együtt az Interpollal? Nyugtass meg ebben az esetben, kis barátom, hogy történt valami mutáció, crossing over pozitív értelemben a poliszunknál.

Így aztán hazakerült a pia, amire szükségem is volt nagyon, mert az asszony bejelentette: elválik.

Merthogy akkoriban még jó svádájú gyerek voltam, ergo volt asszony is, sőt, „hass, alkoss, gyarapíts" alapján gyerek is és lakás is. Na, lakás nem sokáig! A válás a Kádár-korszakban egy kaptafára ment. Következőképp: otthagytad a lakást, elvégre a gyerekeddel nem tolhatsz ki, aztán fizettél húsz százalék gyerektartást a fizetésedből, nyereségrészesedésből, prémiumból (akkor még léteztek ilyen fogalmak), és még asszonytartást is. Ezután, ha nem akartál rövid kötéllel magas fához kötődni, akkor elmehettél albérletbe. A fizetésedből tiltották a levonásokat, úgy meg voltál terhelve, hogy egyetlen bank sem állt veled szóba hitelkérelem tekintetében, maximum csak kisképernyős, fekete-fehér TV vásárlási igény esetében. Két lehetősége volt annak, aki így járt.

Az egyik a benősülés. Aztán persze az ilyennek a kimenetele is kétes egzisztenciához vezethetett, mert általában a szerelem nélküli, anyagi haszonszerzés motiválta házasság is válással ért véget, csak közben csináltál még ott is két gyereket, hogy aztán a fizetésedből a tiltást ne add 50, azaz ötven százalék alá.

A másik lehetőség, ha a család felkarolt. Általában ez a tipikus – na, nálam nem ez jött be. A család inkább a volt asszonyt és természetesen gyereket karolta fel, rajtam meg nyomott egy jó nagyot lefelé. Azóta van felírva valamennyi munkahelyem irodafalára: „Istenem, szabadíts meg a rokonaimtól, az ellenségeimmel már magam is elbánok".

Természetesen a nagyszülőket jól lehet zsarolni az elsőszülött unokával. Mi kell hozzá? Jó táptalaj, vagyis affinisak legyenek erre a nagyszülők, továbbá profin kell csinálni. Az asszony viszont ebben profi volt. A táptalaj is kedvező volt az élősködőknek – ergo buktam a partit.

Kis barátom, lehet, hogy nem emlékszel rá, de akkoriban a vasúti pályaudvarokon tudod milyen volt az elektromos, vonat indulási-érkezési információ? Volt egy táblicska, rajta városnevek, és mindegyik mellett egy gomb. Ha a kiválasztott városnév melletti gombot megnyomtad, előtted egy nagy könyv elkezdett lapozódni (passive voice-ban), és megállt az általad kiválasztott városnál. Ott elolvashattad, mikor indul vonat oda-vissza, érkezés stb. Nyilván manapság erre ott van a net.

Emlékszem, felültem a motoromra – ennyi maradt meg a vagyonomból, köszönhetően feleségem jó kapcsolatokkal bíró szegedi „bábaarcú" ügyvédjének, aki az asszony felett „Bábáskodott", és elindultam a pályaudvarra. Az asszony még, utolsó jókívánságát kifejezve, ekképp szólt hozzám:

– A gyereket sosem láthatod majd, csak annyi közöd lesz hozzá, hogy fizethetsz érte. Egyébként meg, éhen foglak dögleszteni.

Ekkor azért megfordult a fejemben, hogy a motort sztenderre állítom, és csak úgy visszamegyek, és csak úgy agyoncsapom. Viszont féltem a halálbüntetéstől. Ha ez a rendszerváltás után történt volna, valószínűleg megteszem. Ebből viszont az következik, kis barátom, hogy a halálbüntetésnek igenis van (és volna) visszatartó ereje az életellenes bűncselekmények esetében. Viszont az is következik belőle, hogy az asszony likvidálása a saját szellemi belátásom szerinti őszinte cselekedet lett volna, mindennemű lelkiismeret-furdalás nélkül, amiből az is következik, hogy egy ilyen szarházi nővel talán csak egyszer volt dolgom ebben a dimenzióban.

A pályaudvarra érve csukott szemmel odabotorkáltam a kapcsolótáblához, találomra megnyomtam egy gombot, majd kíváncsian kinyitottam a szemem, vajon melyik város lesz az, ahol életem további részét élem majd.

Szerencsére a jelenlegi lakóhelyemtől százharminc kilométerre volt a leendő élterem, két óra alatt ott voltam.

Pár óra alatt három álláslehetőségem is lett (ezt a Kádár-korszak előnyeként el kell ismerni, manapság egy mérnök másoddiplomával is az utcán lehet). Végül is egy baromfikeltetőben kezdtem el dolgozni üzemvezető-helyettesi minősítésben. Albérlet az ötödik emeleten (jó drága), és GMK-zni is elkezdtem, nehogy véletlenül az asszonynak igaza legyen, és éhen dögöljek. A munka érdekes volt, csak vigyázni kellett, nehogy érzelmet vigyünk bele. A tojásokból kikeltek a csibék, szétválogattuk őket, a selejtest rögtön halálra ítélték, aztán az erőseket előbb felneveltük, és utána ítéltük halálra. De hát így van ez egy sertéshizlalda vagy marhatelep esetében is, ahonnan az állatok a vágóhídra kerülnek, vagy nálunk, embereknél, akik önként (háziorvosi beutalóval) bevonulnak egy kórházba, különösen, ha visznek, utolsó erőnkkel, alkoholos filctollal a mentőautóban a mellünkre írjuk: „El ne cserélj, baszd meg!" Mert ugye történt ilyen a szegedi kórházban anno, amikor egy beteg készült volna már hazafelé, várta a feleségét, hogy jöjjön érte, és egy másik beteg helyett őt műtötték meg, majdnem erőszakkal. Mert végig ordítozott, hogy nem ő az a személy akit meg kell műteni. Nem volt apelláta, megműtötték, bele is halt, aztán végül a kórház elismerte a tévedését. Mit gondolsz, kit csuktak le? A beteghordót, baszd meg! Pedig a műtét előtti azonosítás nem az ő feladata!

Szóval a keltetőben nagykapacitású Petersine gépekkel keltettük a tojásokat, volt a végtermék közt csibe, kiskacsa, kisliba. A főnököm alias Főnéni II. volt, akiben kumulálódott a jó főnök összes jellemvonása: autokrata, buta és pitiáner volt. A kikelt csibéknél ő döntötte el, hogy melyeket kell élve hagyni, és melyeket kell kivinni (persze élve) a nagy konténerbe, mert életképtelenek (pl. köldökösök, talpfekélyesek stb.). Volt olyan nap, amikor több száz csibét rakatott elevenen a tűző napon lévő konténerbe; eleinte sok volt a csiripelés, majd alábbhagyott.

Egyszer az egyik segédmunkás titokban ötven csibét kivett a konténerből, a biztos halálból (ez volt a *Kovács listája*), hazavitte őket, és felnevelte. Négy hét múlva büszkén jelentette:

– Főnöknő elvtársnő! Hazavittem ötven halálraítéltet, nem tutujgattam őket egyáltalán, de nézze: mind rántani való, egy sem pusztult el közülük.

Megjegyzem, kis barátom, a segédmunkást azonnal kirúgták az állásából, és lopásért (Figyelj: LOPÁSÉRT) két év felfüggesztett börtönbüntetést kapott. Ez egyébként tükrözte a Főnéni II.

humánus beállítottságát mind a segédmunkások, mind a csibék felé, továbbá az üzem gazdaságos szellemben való vezetését. Egy dolog azonban még feltűnt nekem a csibehalandóság mellett. Ez pedig a keltetőszekrényekkel kapcsolatos, felesleges fizikai munka volt.

Kis barátom, úgy nézett ki ezen holland keltetőszekrényeknek az eleje, mint a repülőgépek vezérlőpultja. Tele gombokkal, kapcsolókkal, és persze a többség által el nem olvasható angol nyelvű feliratokkal. A csibék kelési százaléka nem volt kifogástalan, ami köszönhető lehetett annak a ténynek, hogy a munkások háromóránként kinyitották a szekrényeket, kigurították belőlük azokat a kocsikat, melyeken a tojások voltak sorban a polcokon elhelyezve (ilyenkor legalább a tojások 5 %-a egymáshoz kocogott és héjaik megrepedtek; ezt hívtuk mi „héja-nász a zavarón"), és háti permetezőből vizet permeteztünk rájuk. Amikor Főnéni II-t megkérdeztem, eme tevékenység mi célból történik, slágfertigen rávágta:

– A célból, hogy biztosíccsuk a megfelelő páratartalmat a szekrényekbe' (!), tudhassák ezt a dolgozók is (csak én hülye nem), hogy így kell ezt csinyálni. A cucialista munkaversenykor ezzel elérjük azt a magasságot, amit más üzemek nem tunnak.

Hát, kis barátom, Főnéni II. az igét hirdetni jobban tudta, mint ragozni.

Ettől a magasságtól ugyan megszédülve csak nem hagyott nyugodni a dolog, és elhatároztam – ha már technológus mérnök vagyok –, hogy a gépkönyvekből kitanulom a használati-kezelési útmutatást.

Igen ám, de azokat nem lelém. Kiderült, hogy mivel azok angol nyelven íródtak, ki lettek dobva, alias archiválták őket a szemeteskukába. Így aztán írtam egy angol nyelvű levelet a holland cégnek, melyben a gépekkel kapcsolatos technológiai-műveleti leírást kértem, továbbá egy-két aktuális kérdést tettem fel a plasztik háti permetezővel kapcsolatban. A levél elküldéséről tájékoztatni akartam Főnéni II-t, aki gyorsan lehűtött.

– Nem addig van a'! A levelet be kell mutatni az üzem rendészének, és ha az jóváhagyja, akkor elküldhessük.

Hát, kis barátom, a rendész egy kilőtt heréjű, hatvan felé járó, nyugdíjas rendőr volt. Átadtam neki a levelet, íme a reakciója:

– Az imperialistáknak nem írunk levelet. A rothadó kapitalizmustól nem kérünk segítséget, erről ennyit. Majd mi kitermeljük magunkból azokat az embereket, akik ezt értik. Erről ennyit. Hát, kis barátom, a hivatali bunkója rövidre zárta: „erről ennyit". Hogy te még egy annyit hozzátennél-e, arra már nem volt kíváncsi. A levélbe persze bele sem nézett, pedig nem „jugójú" írtam.

Aztán történt még egy pár magas kvalitású dolog, amitől tachikardiás lett a szívem, és megszületett a „Légköri elnyomás" című egypercesem a Főnéni II-ről, amit a helyi lap le is hozott. Íme:

Hol volt, hol nem volt, talán az Óperenciás tengeren is túl három megyével, valahol a Tisza partján élt egyszer egy villanyszerelő. Tulajdonságai megegyeztek bernáthegyi kutyájával. Jó kiállású, nagy teherbírású, békességkedvelő, értelmes volt, és még sorolhatnám.

Nemrég lépett be új munkahelyére, kezdőnek számított. Napokon belül átlátta új munkaterületét. Megismerte a keltetőgépek különböző típusait, a technológiát, sokáig figyelte az üzemi dolgozók tevékenységét, együtt örült velük, ha jó volt a kelési százalék, hiszen ez az ő munkáját is igazolta. Az idő múlásával rájött bizonyos újítási lehetőségekre, melytől termékenyebb lenne a munka, és az üzemi dolgozók nehéz fizikai munkáját is megkönnyítené.

Boldogan mesélte el ötletét kollégájának, merthogy ketten voltak a vállalatnál.

– Ide figyelj, pajtás! Én már itten hét kollégámat túléltem, mind elmentek. Ne újítsál te itten semmit se, ahogy más se újít. Inkább igyál ebből a fügeborból. Különben is, mit akar egy villanyszerelő? Ha nekem mutatsz egy okos villanyszerelőt, hát akkor annak én május elsején a dísztribünön...

Napok múlva hívatta a vezető kartársnője.

Szeme felcsillant. Úgy látszik, csak odafigyeltek újítási szóbeszédjére, nincs igaza kollégájának, akiből csak az öregség keserűsége beszél.

Az irodában aztán lehűlt.

– Elvtárs, azért kérettem ide, hogy csavarja ki azt a 60-as körtét a folyosón, és tegyen a helyibe egy 40-est. Tudja, takarékosság van minden vonalon.

Eleinte azt hitte, hogy rosszul hall. Majd próbált érvelni, hogy tulajdonképpen az áramszolgáltatónak a több ezer wattos keltetőgépek után olyan magas villanyszámlát fizetnek, amit egy időszakonként működő 60-as izzó nem befolyásol... De a parancs nem tűrt ellentmondást.

– Én azt kértem, elvtárs, hogy cserélje ki azt a KÖRTÉT!

Én körte, te körte, ökörte – dohogta magában, majd kicserélte. Alig ért le a műhelybe, mikor újból hívatta főnöknője. Észrevette, hogy mikor általában dolgozni kezdene, mindig hívatják. Elindult hát az irodák felé, de a biztonság okáért zsebébe tett egy 25-ös égőt.

– Az előbb elfelejtettem mondani magának, hogy maga itt nemcsak villanyszerelő. Tehát más műszaki feladattal is megbízhatom. A kelési százalék növelése érdekében szükségem lenne egy adatra. Mégpedig számítsa ki nekem, hány kiló levegő jut egy tojásra.

A villanyszerelő jámbor kutyaképén egy hamiskás mosoly suhant át.

– Elvársnő, szerintem csak a kimondott szónak van súlya, mégpedig SI rendszerben is elég nagy, a levegőnek nincs súlya, mert különben azt is pénzért adnák.

– Na, ne viccelődjön itt az elvtárs! – csattant fel a vezetőnő. – Ez komoly dolog, népgazdasági érdek, micsoda munkaerkölcs... Hova jutunk így...?

Szó nélkül fordult ki az irodából. Majd a folyosón az izzót önkényesen 100-asra cserélte.

Több világosság kellene ebbe az üzembe, ha más nem, luxban – dörmögte magában, miközben munkakönyve megremegett a páncélszekrényben.

Tényleg, HOVA JUTUNK ÍGY?

Kis barátom, a végkifejletet sejted, ugye? Nagyon gyorsan el kellett hagynom ismét a munkahelyemet. Körkép? Utca, spórolt

31

pénzből még gyengébb albérletbe át, közben sör mellett szidtam az asszonyt, aki terpeszkedik volt lakásomban.

Válasz a „Hova jutunk így?"-re

Az üzem csődbe jutott – dacára a takarékosságnak –, majd KFT-vé alakult. A KFT ügyvezetője és tulajdonosa az üzem korábbi „főnénije" lett.

A villanyszerelő három éve munkanélküli, ócska Trabantjában direkt nincs tompított világítás.

Kis barátom, új fejezet kezdődik.

Lett állás. A Kádár-korszak egyetlen előnye az volt – mint már mondtam –, hogy munkahelyet gyorsan találtál. Egy nagy húsipari vállalatnál lettem üzemvezető-helyettes. Amihez kapcsolódott még egy mérnöktanári feladat egy helyi szakközépiskolában. Szakgéptant oktattam, és húsipari technológiát. Nekem való állás volt. Kevés óra, sok jó nő. Voltak ott hentes-, szobafestő-, fodrászlánytanulók stb.

Igaz, ebben az időszakban a „dér" már kezdte megcsípni a fejemet, deresedtem, „őszült a vén betyár". A lányoknál jó voltam ebben az időszakomban is, nagy volt a mozgás a femininumok közt (ez már az öregedő, potencionálisan impotens dicsekvése).

A fiammal viszont a kapcsolat nem jól alakult. A távolság és a pénztelenség elég nagy volt ahhoz, hogy egy hónapban csak egyszer utazzak el hozzá. Akkor is az anyja a láthatást csak 11.00-től 13.30-ig biztosította a saját lakásán (a volt lakásomban).

Ezért kvázi elutaztam egy napot, átszálltam, visszaszálltam, ha 9-re megérkeztem, vártam a téli mínuszokban az utcán 11-ig, mire mehettem.

De viszont fizettem, mint a katonatiszt. Aztán egy párszor át is vágott (a nők nagyon szemetek tudnak lenni, ha akarnak, biztosan vannak rendesek, de hát én sem ismerhetem mindegyiket).

Történt ugyanis, hogy lebeszéltük, egyik szombaton lemegyek a gyerekhez.

Kis barátom, tudod, ilyenkor mi van? Ajándékvásárlás, csomagolás, tucatszor eljátsszuk magunkban a találkozást, milyen lesz stb.

Ő (mármint az anyának öltözött volt asszony) megmondta a gyereknek: apád szombaton meglátogat, és elvisz a vadasparkba. Én, mint már mondtam, csomagoltam, a gyerek a kistáskájába csomagolt, elvégre apa visz a vadasparkba. És ezután jött a nagy hintáztatás!

Az anyának öltözött volt asszony küldött nekem egy táviratot: „a gyerek belázasodott, beteg, ne gyere" (a mai napig megőriztem). Így maradtam a valagamon.

Szombaton a gyereknek, akinek kutyabaja sem volt, aki várt, és nem mentem, csak ennyit mondott az anyának öltözött volt asszony: „apád szavára ennyit lehet adni, nem jött, láthatod".

Egyébként, kis barátom, ekkor már megkezdődött a garázsos korszakom. Úgy értem, egy garázsban laktam. A tanári fizetésből már akkor sem tudtál vastagot szarni, mellékállás nem, fizetésből levonás az viszont volt, ergo, albérletre már nem futotta. Először Szolnokon, a volt Bábaképzőnek az udvarán vettem ki egy garázst. Elég puruttya volt, ki sem volt betonozva, campingágy a földre, aztán azon lehetett aludni. Villany? Zseblámpa! Ebben a romantikában úgy lehetett elaludni, ha este lefekvéskor magadhoz vettél pár sört a martfűi gyár remekeiből. Ettől viszont éjszaka többször is pisálni kellett, pedig akkor még a dülmirigy jól működött. Éjszaka az ember csak kinyitotta a garázsajtót, ment pár métert, és elengedte magát. Mégse hugyozzunk a lakhelyünk mellé közvetlen. Emlékszem, pisálás közben néztem a holdat és azon tűnődtem, mi a faszért élek én? Majd helyére tettem a kigyúrt pitont, és visszamentem aludni. Megelégedettséggel töltött el, hogy van még egy doboz Aranyhordó sör az ágy mellett.

Miért emlékszem ennyire jól erre az éjszakára? Mert hajnalban is szólított a szükség, hiszen a pár liter input sörnek kellett lennie egy outputjának is. Megint próbáltam volna pár méterre elhagyni a kastélyszállóm, de felbuktam valamiben és rá is estem olyan kemény, hideg, csontosra. Igen, mezítelen hullák voltak kiterítve, egykoron férfiak és nők, vegyesen. Ugyanis a volt bábaképző elfekvővé alakult. Ott az volt a szokás, hogy hajnalban kifektették a fűre azokat, akik megszabadultak az elfekvő hívogató romantikájától, és csukott szemmel, háton fekve fürkészték az eget. Majd megjött egy Barkas típusú dobozos autó (abban az időben úgy hívták: süteményes kocsi), és bedobálták a hullákat. Emlékszem, ahogy a fejük koppant a doboz végfalánál. Arra gondoltam, ennyi az élet, de azért örültem, hogy nem vagyok köztük. Öregek voltak, soványak, őszült fanszőrzettel. Még aznap kerestem egy panelházban egy másik kiadó garázst. Nagyméretű panelgarázs volt, amit kivettem, amiben a ház fűtőcsövei mentek, így nem lehetett megfagyni, persze azért télen nem volt benne tarhonyaszárító meleg.

Diszperzites vödör volt a Pillangó-féle kübli, nagydolgokat a Kossuth téri nyilvánoson lehetett végezni, csak a perisztaltikát kellett tudni irányítani.

Sosem felejtem el, amikor a szakközépiskolás érettségi bizottságban voltam kérdezőtanár, a garázsban egy letört visszapillantótükörben kötöttem meg a nyakkendőt. A „hátországban", vagyis a volt asszony meg a szüleim – a következő életemben klónozzanak, vagy árvaházban nőjek fel, de a szülőktől kímélj meg, Istenem! – azzal szórakoztak közben, hogy a gyerek (Stefike) zsebéből kiesett négyezer forint. Így adták át az anyának öltözött volt asszonynak az apanázst. Apám (csak genetikailag!) sokszor mondta:

– Hát Stefike, miért nem vigyázol jobban a pénzedre, hát megint kiesett a zsebedből négyezer forint. Adjuk oda gyorsan anyának, ő biztos jobban fog vigyázni rá!

Kis barátom, akkoriban (1985-ben) négyezer forint annyi volt – legalábbis a vásárlóértéke –, mint most nyolcszáz eurónak. Merthogy egy tanárnak, aki legalább öt éve tanított már, volt a gázsija háromezer, háromezerötszáz forint. Hát számítsd ki az arányokat! Egyébként érdekes volt apám pálfordulása. Ugyanis az asszony a katonaságom alatt esett teherbe. Amikor apám néha meglátogatott a katonaságnál, azzal traktált, hogy nem biztos, hogy az enyém a gyerek. Azt mondta, hogy esténként, amikor arra sétál, ahol a Jadvigával (ex-nejem) laktunk, félhomály van a szobában és halk zene hallatszik ki. Neki ez gyanús, és ha a gyerek megszületik, meg kell ám azt nézni, kire hasonlít. (Szinte itt hallom most is a fülemben ezt a mondatot). Általában a katonaságnál amiatt, hogy be vagy zárva, mindenki féltékeny valamilyen szinten. Az, akit meg az apja látogatásakor ilyennel szórakoztat, az nem a legjobban érzi magát. Kíváncsi vagyok arra, hogyha ezt Jadviga tudja, miként viszonyult volna apámhoz, aki kvázi megkérdőjelezte a tisztességét, illetve kissé lekurvázta. Na persze lehet, nem zavarta volna, mert van az a pénz...

Mindenesetre megnyugtató volt számomra, hogy a tőlem levont tartásdíj mellé az anyának öltözött volt asszony kapott a szüleimtől négyezer forintot, addig köszöni, jól él (bár én sem döglöttem éhen, ahogy anno beígérte), rám meg beköszöntött a ősz, és egyre hidegebb lett a garázs, pedig Örkény is megírta, hogy az „ember melegségre vágyik".

Apropó, Örkény! Egyszer szavaltam egy Örkény-egypercest a seregben, bemondom az írót és a címet, amikor a politikai tiszt beordította:

– Nem Örkény István az, hanem Tömörkény, maga barom!

Hát, kis barátom, nem ismerte az alezredes elvtárs Örkényt, így „basztóképző" nélkül – van ilyen.

Szóval kezdett teleszaladni mindenem mindennel, perspektíva nulla, a garázsban maximum csak az amatőr kurvák jöhettek számításba, úgymond a normálisabb, inkább igényesebb fajták nem buktak az ilyen invitálásomra:

– Gyere, elviszlek.

– Hova viszel?

– Kettes számú panelgarázs, kövidinka bor hokedlin szervírozva.

Bár volt olyan csukaszemű barátnőm (Sandi doktornő, akit a két „baromfija" miatt nem vettek volna fel anno a TSZCS-be), aki szakorvos létére garázsban szerette csinálni orálisan. De hát ő gyárilag volt ilyen. Ő vezette be egyébként a '60-as évek elején a peep show-t. Elmesélte, hogy óvodás volt, amikor a fiúk kérték, hogy tolja le a bugyiját, és a pinceablakból hadd kukkolhassák. Ő már ekkor elkezdte bontogatni e téren ha nem is szárnyait, hanem a tépőzárasát. Nagy karriert futott be egyébként.

Fiatal koromban rájöttem arra és öreg korom pedig bizonyította, hogy kétféle nőtípus van. A pszichopata és az unalmas. Zárójelben mondva: nekem barátnőkből hála Istennek pszichopaták jutottak. Volt huszonévesen egy pesti csajom, akinél nyolc hónapot dekkoltam. A Józsefvárosban élt. Az egész lakása fekete csempével volt burkolva, és egy kétszemélyes, nagyméretű, rendes koporsóban aludt ágy helyett. Értelmes nő volt, ritka jó alakú, az a dögös típus, csak élni nem lehetett vele...

A perspektívátlanságom azzal érte el az ingerküszöbömet, hogy mérnöktanári állásom veszélybe került. Történt ugyanis, hogy kolléganőm, Marianna magyartanárnő tanítgatta Hemingway Öreg halászát. Én elolvastam azt a novellát legalább háromszor, és ugyanennyiszer láttam filmen is Jean Gabinnel. A novella eszmei mondanivalójával nem egyezett a véleményünk, és innen, kis barátom, tudod az egyenes utat. Újságcikk, a néplapnál már úgy fogadtak:

– Na, most ki lesz a hunyó?
– Az mindig én vagyok, a jó öreg szélmalomharcos.

Hogy ne ragozzam tovább, megjelent a Szakmunkásképzőben az öreg halász című egypercesem. Íme, a cikk:

Szakmunkásképzőben az öreg halász.

Mikor bement a tanáriba, a szokásos nyüzsgés fogadta.

Naplók keresgélése, bosszankodás, hogy miért nincsenek beírva az órák előre, a helyettesítő tanárok eligazítása stb.

Majd hozzálépett a magyartanár, és nem kioktatólag, de azért kifejtette:

– Kedves kolléga, bár te nem vagy igazán kolléga, mert „csak" mint mérnök, szakmai tárgyakat oktatsz. Ha jól tudom, technológiát és gépészetet. De azért jobban odafigyelhetnél a vázlataid diktálására. Ugyanis a minap a kezembe került egy géptanfüzet. És a diktátumodban azt olvastam, hogy a klímaberendezések olyan helységek, melyek optimális légállapotot teremtenek a szárazáruk érleléséhez. Hát tudod, hogy azok nem helységek, hanem *helyiségek.*

Szerencsére becsöngettek, így nem szólt semmit, csak beindult hóna alatt a naplóval abba a bizonyos osztályteremnek nevezett helyiségbe.

Mikor a naplót beírta, észrevette, hogy a gyerekek múlt órán az „Öreg halász és a tenger"-t vették magyarból. Majd beállította az írásvetítőt.

Míg a gyerekek a szakmai rajzokat másolták, elkérte egy közepes tanulótól a magyarfüzetét, és elkezdte a szörnyű helyesírási hibák mellett olvasni az alábbi diktátumot: „Az öreg halász és a tengerben a cápa a kapitalizmus megtestesítője. Az öreg halász azért bukott el, mert nem ismerte fel a Guldberg-Waage tömeghatás törvényét, az egységben az erőt. Vagyis összefogva, nem több szocialista halász indult el, így a nagy hal megette a kishalat, tehát a kapitalizmus hálójába kerülve elbukott. Tehát az Öreg halász a hiábavalóság bajnoka és a semmi hőse."

Kedves kollégám, bocsánat, Mariann, hiszen én, mint csak mérnök, nem lehetek kollégád. Ha volna egy félreeső HELYI-SÉG, szívesen elbeszélgetnék veled, hogy erre az eszmei mondanivalóra adtak Nobel-díjat?

Viszont a korábbiakhoz hasonlóan most nem rúgtak ki az állásomból.

Mivel hallottam, hogy a normális életet élő haverjaim háromévente külföldre (nyugatra) járnak, úgy gondoltam, én is megérdemlek egy kis pihenést, ha nem is nyugati országokban, de legalább egy hét a Balatonon. Pénzem mondjuk nem volt, de hátizsákba bepakoltam egy pár cuccot (sok abból sem volt), és kiálltam stoppolni. Pár óra elteltével már kiültem stoppolni, mert elfáradtam az álldogálásban – nem nagyon kapkodtak értem. Majd már kezdtem feladni, amikor megállt mellettem egy ZM 22-74 rendszámú fehér Zsiguli. Egy fiatal nő ült benne. Kérdezi, hova megyek. Mondom: bárhová. „Jöjjön, akkor elviszem az akárhovába" – és beszálltam.

A lány szimpatikus lett egyből, amint a hátsó ülésről előhúzott egy sört, hogy ha élek vele, megihatom. Éltem vele… és a nővel is később házasságban, úgy másfél évig.

A kocsiban kiderült, hogy kezdő orvos, és radiológus szeretne majd lenni. Jó dumája volt, szimpatikusak voltunk egymásnak, jártunk vagy fél évig és összeházasodtunk.

Szép esküvő volt egy nagyon elegáns hotel éttermében, zene, tánc. A lányos szülők állták a számlát, mert egyébként nem lett volna semmi, ha az én szüleimen múlik.

Terveztük a jövőnket Alice-szel a kis garzonlakásában, ami erkéllyel volt együtt 25 négyzetméter. Nem sokkal volt nagyobb a garázsnál, amiben laktam, de gázkonvektoros lévén meleg volt, aminek a kivezető csonkja az erkélyen helyezkedett el.

Kicsit zsúfoltan voltunk a rengeteg könyvünkkel: Alice az asztalnál tanult a szakvizsgájára, én meg a WC-n a másoddiplomámra.

Aztán Alice bejelentette: „anyának érzem, oh, Ádám, magam"...

Elkezdődött az eszement spórolás, hiszen jönni fog a baba! Ehhez a drága eseményhez meg kell vásárolni egy csomó dolgot, amiből a leghúzósabb volt a gyerekágy meg a pelenkázó.

Na, most elmondom, kis barátom, hogyan nyomtam a melót – főleg azoknak a fiataloknak szánom, akik azért nem vállalnak plusz munkát, mert, ahogy mondják, felborul a bioritmusuk. Szóval 14 órakor felvettem a munkát a húsiparnál raktárüzemvezető-helyettesi minősítésben, és dolgoztam 22 óráig (ugye, 8 óra). 22 órától aludtam az irodában az asztalon 02 óráig, és elkezdtem GMK-zni, rendszerint brazil szalonnát csomagoltunk 10 fokos hűtőteremben. Egyszer úgy elgémberedett az ujjam, hogy a WC-n nem tudtam a sliccem kigombolni és bepisáltam. Azután már, ha ilyen munka volt, mindig nyitott sliccel dolgoztam. Sokszor meg GMK-n belül kamiont rakodtunk vagy bőrös félsertéssel, vagy negyed marhákkal. A bőrös félsertés megvolt 50-60 kg, a negyed marha meg úgy 90 kg körül. Ekkor biztattuk egymást meló közben: ne csak a pofád fújd fel, hanem emeld is! De volt, hogy a GMK a bélüzemben volt, rendes szagban. Bélkaliberezés – jó munka. Én rendszerint a bélsárkinyomó gépkezelő vezető helyettese voltam. Aztán hajnali 02 órától ez eltartott reggel 06 óráig. Majd letusoltam, és reggel 08 órakor már oktattam a szakgéptan és szaktechnológiát a szakközépiskolában déli 12 óráig. Majd 14 óráig ülve alvás, és 14 órakor felvettem a műszakot ismét. Ezt csináltam folyamatosan három hónapig, szombat és vasárnaponként pedig dolgozatokat javítottam, mire megvettük a baba-dolgokat. Közben felvetődött bennünk, hogy ez a garzon hogyan lesz elég a 25 négyzetméterével hármunknak. Eszembe jutott, hogy anno a saját lakásomat kárpótlási igény nélkül azért hagytam ott a volt feleségemnek elsősorban, mert a szüleim erre kértek. Még a bírónő a válóperen többször rákérdezett arra, hogy akkor én hol fogok lakni. Mondtam, megoldom. Hiszen a szüleim szeme előtt az lebegett, hogy az unokát akkor láthatják csak zavartalanul, ha a gyerek anyjával Szegeden maradnak a lakásomban. Ha a lakás nekem ítéltetik – márpedig így lett volna, hiszen az enyém volt, a nevelőszüleimtől örököltem –, akkor a volt asszonynak a gyerekkel haza kellett volna mennie Sopronba, a szüleihez. Ezért aztán apám azt kérte tőlem, mondjak le a lakásról a volt feleségem javára, és majd ők (anyámmal) segítenek nekem a lakáshoz jutáshoz. Na, ettől felbuzdulva Alice-szel megbeszéltük, hogy mivel az ő garzonlakásában lakunk, kérünk szüleimtől pénzt, hogy a lakást nagyobbra cserélhessük – ráfizetéssel vagy bármi más módon. A szülők persze pénzt nem adtak, de apám azt üzente, hogy falazzuk be az erkélyt, és úgy nyerünk egy kis szobát. Hogy mit nyertünk volna vele, amikor az egész lakás erkélyestől volt 25 négyzetméter? Mivel a gázkonvektor oda volt kivezetve, a zárt térben úgy elgázosítottuk volna magunkat. Ekkor tudatosult bennem véglegesen, hogy a világon a legsúlytalanabb dolog apám ígérete.

Feltűnt nekem viszont, hogy Alice nagyon gyorsan hízik, na meg cigarettázik, na meg iszik, persze alkoholt. Amikor számonkértem tőle, azt mondta, hogy utánaolvasott és azt írják, hogy ha egy erős dohányos hirtelen leteszi a cigarettát, akkor az olyan stresszel jár, ami nagyon megviseli a magzatot. Az egy-két feles likőr meg egyáltalán nem számít, különben is, ne vitatkozzak vele, mert ő orvos.

Aztán elkezdett járni hozzánk egy nővér úgy hivatalból, ilyen terhességi tanácsadó, gondolom, mai is van ilyen. Ő így kezdte:

– Drága doktornő, nekem ez olyan kellemetlen, hiszen ön a kórházban, ahol dolgozunk, a főnököm, de nagyon helytelenítem, amit csinál. Már meg ne haragudjon, de ha én egy alul kvalifikált etnikai kisebbségnek azt mondom, hogy terhesség alatt nem szabad dohányozni, akkor azok abbahagyják azonnal. Pont önnek kellene tudni, hogy közel egy doboz cigaretta milyen káros a terhesség alatt. Arról nem is beszélve, hogy több mint harminc kilót hízott már, és hol van még a szülés. A statisztika azt mutatja, minél nagyobb a hízás, az fordított arányban van a magzat nagyságával. Véres hurkát eszik? Megmondtam már múlt alkalommal is, hogy diétázzon! Nem hiányzik a likőr ilyenkor, mert attól még nagyobb lesz az étvágya. Úristen, 97 kilogramm, és hol van még a szülés?

Hát, a szülés sosem jött el úgy természetes módján, ahogy kellett volna. A magzat meghalt a 8. hónap végére, majd mesterségesen beindították a szülést és sikeresen megszült az asszony egy 980 grammos, halott csecsemőt. A gyerekágyat elajándékoztam, aztán elköltöztem, egy hónapra már el is váltunk.

Visszamentem ismét a garázsba lakni.

Bevállaltam a munkahelyemen a három műszakot, plusz még tanítottam is, volt pénzem, nem panaszkodhattam. Hiszen nem sok volt a rezsim. A fürdést, tusolást elintéztem a munkahelyemen, a garázsban csak a bérleti díjat fizettem, meg a kevéske villanyt. Viszont rengeteget szórakoztam, csajoztam. Emlékszem, a Pelikán sztriptízbárban nagyon megtetszett Donna Róza táncosnő. Anno egy tésztareklámban is szerepelt, így szólt: „ha megismerik majd Donna Rózát, megkedvelik majd duricát" (ez volt a tészta neve). Hát én megismertem Rózát, be is jöttem neki külsőre, de ahogy mondta, a humorom miatt szívesen szorosabbra fűzné velem a viszonyt. Elvittem hát a garázsomba. Eleinte azt hitte, viccelek, majd szó nélkül sarkon fordult – úgy látszik, azért ennyire nem voltam humoros számára.

Mivel a pénzből sosem volt elég és a szórakozás meglehetősen sokba került, a munkáim mellett beindítottam egy fantasztikus üzletet.

Mégpedig: olvastam a helyi lapban, hogy vannak a lakosok közt olyan egyedek, akik a város közterületén lévő, feltörő gyógyvizet igénylik nagy mennyiségben, de mivel messze laknak tőle, a lakhelyükre kellene szállítani. Kinek-kinek mennyit. Ez olyan volt ott, mint pl. Szegeden az Anna-kút. Beszereztem nagy műanyag kannákat, 20 literesből 10 darabot, és elkezdtem felvenni a rendeléseket. Majd beindítottam a kiszállításokat. Volt, hogy valaki az ötödik emeletre 60 litert kért, lift nem volt, kb. 20 perc alatt fel is értem vele. Volt, akinek csak tíz liter kellett – gondolom, ő itta, az előző meg fürdött is benne. Volt benne pénz, de rengeteg munkaórát raktam bele, és amúgy is napi 15 órákat dolgoztam a munkahelyeimen. Karjaim megvastagodtak, gólyalábaim kicombosodtak, szemeim lekarikásodtak.

A leggyöngébb láncszem mégsem a kiszállítás volt, hanem a vízvétel. Ugyanis oda kellett mennem a kúthoz már hajnali ötre, és elkezdtem megtölteni a 20 kannát. Na, most akik mögöttem álltak egy kulaccsal, azoknak várniuk kellett minimum egy órát, és ezek elkezdtek elégedetlenkedni meg beszólogatni.

Bevezettem egy időhatékony újítást: megtöltöttem a badellákat a garázsban csapvízzel. Gondoltam: víz-víz. Nagy különbség nem lehet. De lehetett, mert kiszúrták már az első alkalommal. Feljelentettek. Szabálysértés, bűncselekmény nem lett belőle, írásbeli szerződések nem voltak, végül is vizet ígértem, vizet szállítottam, legfeljebb nem a forrásból. Most viszont nem én írtam a helyi lapban, hanem engem írtak ki: „aki csapvizet ad el idős embereknek".

Aztán valahogy teleszaladt mindenem az egésszel, nem jutottam ötről a hatra, felmondtam a munkahelyeimet és a kéjlak garázsomat (már a csontjaimban éreztem amúgy is a hideget), és visszatértem fatornyos hazámba, Szegedre, a szülői házba, ahol gondolhatod, kis barátom, hogy a szülőknek becézett házaspár milyen örömmel fogadott.

Emlékszem, éjjel érkeztem a legényszobámba. A másik szobából csak ennyi hallatszott át genetikai apámtól, amint genetikai anyámnak jó hangosan odasúgja:

„– Hazajött a mi kis pacsirtánk..."

Mivel a családnak becézett csoportosulásnak (gang) nem sok affinitása volt (korábbi ígéretével szemben) segítséget nyújtani lakáshelyzetem megoldásában, úgy döntöttem, „muszájból" benősülök. Ezt az elhatározást generálta még az a momentum, hogy elég nagy volt az átmenő forgalom nálam a sokrétű femininumok között. Ez már a társasházban is feltűnt a lakóknak, és az egyik nyugdíjas vénlány kiakasztott egy piros lampiont a bejárati ajtónk fölé. Apámnak sem kellett több, és kinyilatkoztatott:

„– Ebbe a lakásba ezután csak az Ottó jöhet fel."

Ottót ismertem húszéves koromtól, egyikünknek sem volt és nincs is szexuális aberrációja, így Ottó megmérettetett nálam, és kevésnek találtatott.

Maradtak hát a lakótelepi fűtött lépcsőházak találkahelynek, és picivel igényesebb nőknek a Hullám Szálló. Itt egy héten elment a fizetésem szobákra, tehát a pénz elbaszása nálam primer értelmet nyert. Ebből következően a hónap végéig meglehetős spórolás volt a jellemző, mely a következőből állt:

Főétel: levespor bele a fogmosópohárba, ráengedve csapból forró víz, fogkefe szárával felkeverve, egy húzásra fogyasztva.

Desszert: szigorúan csak vasárnaponként, Albert keksz mustárral összeragasztva.

Fentiekből könnyen beláthatóan az következett, hogy beindítottam a társkeresést, társkereső irodákban regisztráltam stb. Kaptam is bemutatkozó leveleket, de csak magánházban lakó, gyermektelen nők jöhettek számításba. Belőlük is volt egy pár, tesztelésükre a képlet roppant egyszerű volt: minél több ajtó legyen a házban, mert az már sok szobát feltételez (legyen garázs is, ha valamikor problémák jelentkeznének), és az udvarban legalább két üzemképes autó rohadjon tyúkólként – mert az már biztos jól szituált.

Kis barátom, kapaszkodj meg: bejött. Pedagógusasszony jelölt, csendes természetű, a szülei gazdálkodnak, meg minden. Az esküvő szűk körben zajlott, és hamarosan Babuska (feleségem beceneve) bejelentette: „anyának érzem, oh, Ádám, magam".

Majd másfél év múlva Babuska ismét bejelentette: „anyának érzem, oh, Ádám, magam".

Produktum: egy leány, egy fiú. Nagyon jól sikerültek, abszolút jó kapcsolat volt velük, igaz, fiatal korukban mindenhová vittem őket, együtt lógtunk. Most, hogy felnőttek, külön családban élnek, főleg csak nagyobb ünnepeken találkoztunk, na meg a leány unokám névnapján, születésnapján, de az is előfordul, hogy közösen nyaraltunk. Aztán, köszönhetően nárcisztikus vejemnek, a lányommal is megromlott a kapcsolatom, de ez egy későbbi beszélgetésünket képezze. Az egész küldetésem az életben talán az volt, hogy a biztonságot megadjam nekik fizikailag, anyagilag a továbbtanulásukat lehetővé tegyem, és azt, ami a legfontosabb: ne kelljen bepiszkolni a kezüket, amit én számtalanszor megtettem. Megóvjam őket mindazon frusztrációtól, ami engem ért, és ha egyszer úgy döntenek, hogy elolvassák ezt az irományt, akkor szolgáljon ez nekik olyan tankönyvként, amiből megtudhatják, hogy mit ne csináljanak, és mit ne engedjenek meg az embereknek saját magukkal szemben.

Eleinte – ha nem untatlak vele, kis barátom – a házasság működött, de tényleg. Sokat nyomott a latban az asszony választásánál, hogy volt háza, ez kétségtelen, de megszerettem. Csöndes természetű volt, aki nem provokált egyáltalán veszekedést, szép is volt, magas, vékony, és elfogadott engem az előéletemmel; jól elvoltunk a gyerekeinkkel együtt. Viszont az ő életéből sok minden kimaradt, de talán ami a legfontosabb: a küzdés. Ugyanis a főiskolás évei alatt építettek szülei (akik tanyán éltek) egy nagy magánházat, vettek neki kocsit, hobbikertet, tehát mire végzett, megvolt mindene. Nem ismerte a spórolást, a gyűjtögetést, a lakáshitelt, az albérletről albérletre járást, be volt rendezve az élete, „csak" a saját család, férj, gyerekek hiányoztak.

Viszont ezért a kényelemért keményen meg kellett fizetni; nem is annyira neki, hanem nekem! Ezekért az adományokért a szülei jogot formáltak a legkülönbözőbb dolgokra. Például apósom – akit a család csak Atyának szólíthatott – mindennap reggel öt órakor rákönyökölt a lakóházunk csengőjére (pedig volt saját kulcsa is a házhoz, ha már ő építette), és beadott az ablakon két üveg tehéntejet – mint mondtam, tanyán gazdálkodtak, tehenük is volt. Na már most, amikor pénteken, ha mondjuk éjjel kettőig dolgoztam a második diplomamunkámon, nem buktam az ötletre, hogy reggel ötkor beengedjem a tejesembert. A tűréshatáromat akkor lépte túl, amikor a reggeli spontán erekciómat kihasználva Babuskával olyat csináltunk, amit az iskolában nem tanítanak, és beindult a csengőfrász. Az asszony kiugrott alólam, rohant a tejért. Mondjuk én is leugrottam volna az asszonyról, ha Atya sört hoz, de a nagy túrót (azt is hozott).

Aztán ekképp próbálkoztam, hogy jobban megértse:

– Tudod, Atyám, a tanyádon a disznók is szoktak búgni, a kecskék üzekedni, így vagyunk ezzel mi is, fiatalok. Nem jók ezek a hajnali becsöngetéseid.

– Én vagyok itthon, nem te!

Hát ez egy tömör, lakonikus kijelentés volt, abból a dölyfös, paraszt fajtától való.

Amikor még nem utáltuk annyira egymást, hiszen a privát szféránkat teljesen szétdúlta, a feleségemet naponta több órát dolgoztatta a tanyáján. Amikor együtt lehettünk volna, gyakran dicsekedett:

– Kisöpörték a padlásomat annak idején a komcsik, de én a téeszből, amit lehetett, elloptam. Volt, amikor leoltottam a kocsi lámpáját, úgy jöttem ki a kapun, az utánfutó csak úgy szitált a tíz mázsa búza alatt.

A rendszerváltás után a földjeit visszaigényelte, kárpótlási jegyek stb., igaz, a téeszből a földjei értékének a többszörösét már korábban ellopta (saját bevallása szerint), majd így aposztrofálta az egészet:

– Szétvertük a TSZ-t, elzavartuk, szélnek eresztettük a sok ingyenélőt.

(Gondolt itt az ingyenélők alatt az állatorvosokra, növénytermesztőkre, toxikológusokra, agrármérnökökre, kertészmérnökökre, vagyis a hozzá képest alul kvalifikált aljadékokra.)

Egyébként Atya a gazdálkodáshoz annyit értett, hogy elvetett 50 kg burgonyát, majd felszedett 30 kg-ot, mert azok a rohadt krumplibogarak... A fűszerpaprikáját mindig a legutolsó kategóriába vették át, amiatt a „rohadt, zsidó minőségellenőr" miatt... A sárgadinnyéi viszont olyan savanyúak voltak, hogy a cukorbetegek rögvest elkapkodták...).

Apósom előtt az számított csak embernek, akinek kapálás közben feketére sütötte a nap a tarkóját. De csak azt, mert hoszszúnadrágban és ingben lehetett kapálni a földjében. A békesség kedvéért felajánlkoztam, hogy én is kimegyek az asszonnyal a feleségem paprikaföldjébe kapálni. Kivitt Babuska a területre, és 2 napig nyomtuk 40 Celsiusban. Aztán egy hét múlva kiderült, hogy a szomszédét kapáltuk meg, mert a feleségem ennyire számon tartotta „vagyonát" – na, ekkor kapáltam először és utoljára a szomszéd és az asszony földjeit.

Elgondolkoztam minap, hogy miért is romlott meg ez a kapcsolat annyire, hogy ez is válással végződött. Következik majd pár szösszenet, és mindenki eldönti, hogy mikor lett volna neki elég az egészből, meddig húzták volna, ki mikor dobta volna be a törölközőt.

Ahogy mondottam már, kis barátom, Atya olyan ember volt, aki imádott uralkodni, birtokolni és kötődni (na, nem a feleségéhez). Uralkodott a felesége felett, a lánya felett, birtokolta olyannyira, mintha legalább is ő lett volna Babuska férje, nem pedig én.

Ha például befizettem egy szakszervezeti utat a Balatonra a család számára és Babuska jelentette apjának, hogy 2 nap múlva indulunk, akkor Atya iszonyatosan elkezdett káromkodni, hogy pont akkor kellett volna segíteni neki lekvárt befőzni.

Nagy házat épített a lányának, de nem gondolt a rezsiköltségekre. Tehát télen nagyon sokszor előfordult, hogy a házban 12 fok volt. Így amikor mások az éjszakához levetkőztek pizsamára, mi felöltöztünk. Babuska éjszakai dress code-ja úgy nézett ki, hogy hálóing + bundabugyi + tréningnadrág + sima hosszú ujjú ing (általában valamelyik enyéim közül) + garbópulóver + derekára tréningfelső rákötve. Na, mire éjszaka félig kicsomagoltad az asszonyt, a maradék libidód végleg eltűnt.

A pénz az mindig kevés volt, mivel a Kádár-rezsimben egy fiatal mérnök kevesebbet keresett, mint egy segédmunkás. Én

45

ugyebár húsipari technológus mérnök voltam, vagyok, akinek több bevezetett újítása is volt, továbbá egy találmánya is. Említettem Babuskának: valamibe a napi 8 órás munka mellett bele kellene fogni. Csináljunk egy mini húsüzemet. Honnan jött az ötlet? Az ötlet onnan jött, hogy a rendszerváltás után vásároltam szárazárut és nagyobb cégekhez, mint számlaképes viszonteladó, jó árréssel eladtam. Mondok rá példát. Bevittem egy céghez szalámiból, kolbászból mintát a szakszervezeti vezetőnek, ő felvitte a cég ebédlőjébe, odaírta az árát, a dolgozók megkóstolhatták és felírta mindenki, hogy 2 hét múlva menynyit kér. Én meg kicsomagoltam név szerint és leszállítottam, a szakszervezeti vezető meg összeszedte a pénzeket, egy öszszegben ideadta, és ajándékot is kapott tőlem. Aztán az jutott eszembe, hogy én már több húsüzemet, vágópontot építettem, többnek a felújításában vettem részt, miért ne tudnék magunknak is egyet csinálni? Elláthatnánk azokat a cégeket, akik húskészítményeket igényelnek, és sokkal nagyobb lenne a nyereség, ha én állítanám elő a termékeket, nem pedig viszonteladóként lennék jelen a piacon. Elmondtam Babuskának, ő pártolta az ötletet, vagyis fogjak bele. Ezután egy volt gépész tanárommal megterveztettem a mini üzemet a ház hátsó 50 négyzetméteres melléképületében, ahonnan előzőleg 3 teherautónyi szemetet elvittünk, alig bírtam kifizetni. Aztán a rendszerváltás miatt sok élelmiszeripari cég modernizált, innen meg tudtam vásárolni olyan eszközöket, amiket én rentábilisan tudtam még használni. Kialakítottam az üzem állategészségügyi feltételeit, valamint az ÁNTSZ által elfogadottaknak megfelelően. Majd több pesti cégnél felmértem csípős kolbászra az igényeket, a szakszervezeti vezető összeszedte a dolgozók által igényelt mennyiségre a pénzt, majd beváltotta egy összegben, hogy ne legyen sok aprópénz, ahogy fizettek neki. Indult volna a gyártás, amikor Atya bejött Babuska házába és azt mondta: nem lesz itt semmi üzem.

Először azt hittem a hentes haverommal, hogy rosszul hallunk, de nem hallottuk rosszul! Visszamondtuk a cégek szakszervezeti vezetőinél az üzletet, ők szidták a kurva anyámat, a cégek dolgozói szidták a szakszervezeti vezető kurva anyját, én meg mindenkiét.

Aztán eljött az idő amikor Atya azt mondta feleségének (Nagyinak), hogy „menj el a tanyáról, mert ha nem, kettévágom a fejed baltával". Ezt persze csak évek után ismerte el Babuska, amikor megkérdeztem tőle, hogy Nagyi gyakorlatilag miért feküdt be a franciaágyunkba – talán a 12 fokban melegedni akart? Összebújunk, mint a kismalacok?

Hát a legelső beetetés az volt, hogy Nagyi azért költözik be hozzánk, vagyis abba a házba, amit Babuskának építettek, mert magas a vérnyomása, a tanyán is felment neki, és onnan nehéz mentőt hívni, mert nincs telefon. A betegsége ragadós volt: ottragadós. Ugyanis 25 év múltán is ott lakik, amikor már 15 éve az óvodásoknak is van mobilja. Továbbá a beköltözésekor költözött vele a tanyáról 200 tyúkja, amik az általam parkosított telket teleszarták, nekem kuss volt, mert mégis csak „ő van otthon", amit nekem már több ízben kifejtettek. A magas vérnyomásáról annyit, hogy amikor betette magát hozzánk, három nap múlva már egy gázpalackot feltett a biciklije kormányára, a másikat meg a csomagtartójára, és elvitte őket a gázcsere-telepre. Nekem is komoly teljesítmény lett volna. Csak az az állandó hazudozás, csúsztatás ne lett volna! (Most 92 éves múlt, de az egészsége tökéletes.)

Az nem volt egészen érthető számomra, hogy Babuska szerint, ha az anyja a férjével ilyen viszonyban élt, miből gondolta, hogy a vejével könnyebb lesz? Nem erről szólnak az anyósviccek. Nyilván arra ment ki a játék, hogy a két gyereket megcsináltam, volt egy kis vérfrissítés a paraszt családban egy „úri ficsúr" által, most már húzzak a francba!

Nagyi egyébként gyorsan belakta a házat, a saját szobáját zárta, amit én festettem ki korábban az egész házzal együtt, általában foganatosította a házszabályokat, meddig lehet a konyhába este kimenni, mert rendszerint ott aludt. Például nem lehetett fütyülni sem a lakásban. Egyszer valamiért jó kedvem volt a körülmények ellenére, és valamilyen slágert fütyültem. Majd jött a tiltás:

– Ne tessék itt bent fütyülni, hanem az udvaron!

Ettől függetlenül a rendszeres program az volt, hogy délutánonként, munka után Babuska megfogta a két gyereket Nagyival együtt, beültette őket a Trabantba, és kimentek meglátogatni Atyát a tanyán. Előfordult ilyenkor, hogy Atya kiszólt az ablakon: „kerüljetek egyet még a határban", ugyanis éppen egy útszéli kurvát nyomatott, mire Nagyi egy féltéglával beverte az ablakot, mindezt a gyerekek szeme láttára.

Az a baj, kis barátom, hogy az eddig elhangzottakról annyit lehet mondani, hogy mindez a csengő igazság, egyetlen hamis állítás, koholmány nem volt benne!

Aztán jött a szigorító csomag, nem a Bokros-csomag, hanem a Nagyi-csomag! Mivel a ház nagy volt, a rezsi sok, dacára a téli 12 fok szobahőmérsékletnek, spórolni kellett a villannyal és a vízzel is. A villanynál a hatágú csillárba hiába tettem én energiatakarékos izzókat, csak egy ág éghetett. Majd a víztakarékosság „kiverte a biztosítékot" nálam is, hogy vejem szavajárását idézzem. Ugyanis nagyi azt mondta – és Babuska teljes mellszélességgel mellé állt –, hogy kisdolog esetén ne húzzuk le a WC-t. Amikor például éjszaka kimentem pisilni, Babuska utánam szólt: „ne húzd le"! Majd kiment ő is, aztán felkeltette a gyerekeket, és amikor azok is elvégezték a dolgukat, akkor le lehetett húzni. Hiába érveltél te, kis barátom, hogy ebből nem fogunk meggazdagodni, a ház hideg félhomályában enyhe húgyszag terjengett folyamatosan.

Egyszer, amikor Nagyi kiment a tanyára a gyerekeimmel és véletlenül elfelejtette bezárni szobájának ajtaját, kíváncsiságból benéztem, hogy milyen nagy titok, kincs rejlik bent. Ott volt a személyi igazolványa az asztalon, akkor még az olyan barna színű, sok lapos volt, deklarálva egy csomó dolog benne. Iskolai végzettsége: 6 elemi, foglalkozása: uradalmi cseléd. És ő állította fel a házszabályokat.

Aztán amikor már eléggé rossz anyagi körülmények közt éltünk, utánanéztem, hogy a FÁK országaiba sok száraztésztát el lehetne adni. Összejöttem üzletkötőkkel, felvásárlókkal, majd közvetlen a vevőkkel. Egy vagonnyi száraztésztára volt igény.

Felvásároltam hazai nagy és kis cégektől, az utolsó vasam is ráment. Másfél kilónyi súlyú szerződést írtunk alá, majd kivitték az oroszok, hogy a nagyfőnökök is aláírják és majd postán visszaküldik, akkor indulhat a szállítás. El sem akartam hinni, hogy ekkora szerencsém van, brutális árrés volt rajta.

Eközben Nagyi – nem tudni, milyen ötlettől vezérelve – megrendelte utánvéttel Demis Roussos „Súlyos kérdések" című könyvét, amit ő fogyasztókönyvnek titulált.

Telt az idő, vártam a szerződést, eltelt két hét, nem jött még. Kérdeztem Nagyit, hogy nem volt mostanában a postás? Azt mondta, múlt héten hozott valamit, valószínű az ő fogyasztókönyvét, de visszaküldte, mert meggondolta, mégsem kell. Aztán, kis barátom, egy hét múlva csöngetett a postás és hozta a fogyasztókönyvet, ugyanis Nagyi a FÁK szerződéseit mondta vissza azzal: vissza a feladónak! Először csak azt éreztem, hogy elgyöngülnek a lábaim, aztán hideg veríték folyik végig a hátamon és homályosan látok. Egyet viszont tisztán láttam: az oroszok nyilván megvették mástól, nekem viszont van egy vagon száraztésztám... Körülbelül a beszerzési ár alatt húsz százalékkal tudtam itthon eladni, nemhogy a gatyám rámnt, két év kellett, míg kijöttem az adósságból.

Ekkor még mindig kitartottam a ragyogó családi tűzhely melege mellett.

Viszont az alábbiakban következő az úgy betett, nem is a korábbiak szerinti anyagi veszteség miatt, inkább önértékelési veszteséget okozott volna, ha maradok.

Összeírás volt, tudod, ez olyan, amikor bemennek lakásokba, házakba és összeírják, ki lakik, kik laknak ott, milyen minősítésben. Így bejött hozzánk is egy férfi, kezében lapok, kérdezte az asszonytól, hogy ő ki? Bemutatkozott, és háztulajdonos minősítés. A gyerekek azok egyértelműek, mondta a hivatalnok. Következett Nagyi: „családtag vagyok, én építettem a házat". Aztán a férfi kérdően rám pillantott, de mintha lett volna valami részvét a tekintetében, vagy csak én képzelem bele így utólag. Nagyi magához vette a szót:

– Hát nem tulajdonos, az biztos, nem is albérlő, de nem is tartozik a családunkba. Mi van még?

– Már csak az „egyéb" kategória maradt.

– Akkor írja be, hogy „egyéb".

Hát így lettem „egyéb" kategória a gyerekeim mellett egy marokszedő asszony, uradalmi cseléd által épített házban. Mivel ez a titulus nem felelt meg nekem, így végleg becsuktam az ajtót mögöttem, tudod, mint az angol nyelvtanban: a cselekvés a múltban kezdődik, de a jelenben is tart.

Kis barátom, eljött megint az albérlet vagy egy fűtött garázs keresése.

– Mondd már meg, hogy miért hívsz te engem „kis barátomnak", amikor van nevem is?

– Akkor szólítsalak ezután Kismatosnak?

– Igen.

– Rendben.

– Az nem egészen érthető számomra, hogy apád orvos volt, anyád gyógyszerész, egyke voltál, akkor hogyan lökődtél ide-oda ilyen kvalitású nők között? Miért nem vettek egy lakást neked?

– Ez jó kérdés, de elég furcsa volt nálunk ez a szülő-gyerek kapcsolat.

– Mi az, hogy furcsa volt? Kifejtenéd bővebben?

– Csak bővebben tudom.

– Akkor rajta, bátran!

– Ugye 1956 decemberében születtem. Akkortájt apám egy lengyelországi egyetemen dolgozott. Éppen ott kutatta a vírusokat. Majd 1957 év közepe táján hazatért. Akkor látott először. Kérdeztem is anyámat, hogyan ilyen későn jött haza, legalábbis a születésemhez képest. Anyám mondta, hogy „apád nem tudott hazajönni, mert forradalom volt".

– Ez most komoly?

– Igen, mondjuk én is másképp tanultam történelemből, de a lényeg, hogy több mint fél éves voltam, amikor először találkozott velem.

– Gondolom nagy volt az öröme.

– Természetesen, egy pár napig. Ugyanis ő kutatóorvos volt, sokat irodalmazott, volt, hogy késő estig. Én meg csecsemő-

50

ként összevissza aludtam, volt, hogy felsírtam – végül is ez egy csecsemő dolga. Apám ezt nem bírta sokáig és mondta anyámnak, hogy a gyereksírás zavarja őt a kutatásban, a Kromoszóma-aberrációk az orvosi klinikumban értekezésének írásában.

– Mit szólt ehhez anyád?

– Azt kell tudni róluk, hogy ők ketten imádták egymást, és különösen anyám állandóan apám érdekeit, kívánalmait tartotta szem előtt. Így azt a döntést hozták meg közösen, hogy engem kiadnak nevelőszülőkhöz, nevelő nagyszülőkhöz.

– Ugye most viccelsz?

– Nem, nincs is kedvem hozzá. Bekerültem egy belvárosi házmesteri lakásba, szoba és konyha, fürdőszoba nem volt, WC az udvaron. Itt éltem 12 éves koromig.

– A köztes időről lehet tudni valamit?

– Persze, hiszen ez határozta meg a későbbi életemet. Nevelő Nagyapám (továbbiakban: Tata) házmester volt, és ezeket a teendőket átadta nevelő Nagyanyámnak (továbbiakban: Mama), ugyanis Tata szobafestőként dolgozgatott. Azért mondom, hogy dolgozgatott, mert nem volt iparengedélye kiváltva, tehát sok munkamegrendelése nem volt. Egy napja úgy indult, hogy felkelt hajnali fél ötkor és elsöpörte az utcafrontot mindennap, majd elment a hordárral lakásokat festeni, és hazaért este hat körül. Majd megivott pár sört. Ezt általában Mama hozta a közeli kocsmából demizsonban kimérve, csapolt sört. Meg főzött és ellátta a háztartást, ugyanis nem volt meleg víz, mosógép, tehát a kisbabának (ez én vagyok) a fürdetéséhez kályhán kellett melegíteni vizet, lavór és a többi, teknőben mosni az alig szaros pelenkákat. Tatát még éjszaka általában kétszer felcsöngették, mint házmestert azok a lakók, akik a tivornyából éjszaka jöttek haza, azoktól kapott 15-20 fillér kapupénzt.

– A szüleid, mármint a genetikaiak, hol laktak?

– Szintén a belvárosban, egy harmadik emeleti lakásban, fürdőszobásban, ha erre lettél volna kíváncsi.

– Nem értem.

– Én sem, de én azóta sem, úgy 65 éve.

– Hogyan telt a gyerekkorod?

– Jól, relatíve jól. Ami biztos, Tata és Mama nagyon szerettek. A lehetőségekhez képest mindent megadtak, ami a házmesteri gázsiból a festésekből tellett. Mert idénymunka volt a festés, hideg hónapokban nem volt igény rá.

– De mit csináltál?

– Hát a cumisüveg-korszakomra nem emlékszem vissza. Úgy 4-5 évestől már igen. Mint mondtam, Tatával csak este találkoztam, lefekvéskor, Mama meg tette a napi dolgát, gyakran kivitt magával a piacra. Mindenki úgy tudta a bérházban, hogy én a házmesterék gyereke vagyok, nem tudták, hogy apám orvos, anyám meg gyógyszerész. Épp ezért bizonyos kvalitású gyerekek nem játszottak velem. Mint például a Páldy lányok, akiknek az apja röntgenorvos volt.

– Akkor kikkel játszottál és hogyan telt a napod, napjaid?

– 1960-as évek bérházáról beszélünk. A második emeleten laktak az értelmiségiek a gyerekeikkel. Az első emeleten is jó volt még a felhozatal. Aztán jött a földszint, a házmesteri család, és utánunk jöttek az alagsori lakások, pincék, és az ottani Érdesfejűek.

– Azok kik?

– Kemény fehér bőrű bűnözők, meg cigányok. Na, ezek voltak a játszótársaim, barátaim.

– Mit csináltatok? Sántáztatok, hunyócskáztatok?

– Ez nagyon ritkán fordult elő. Ezek a gyerekek már igen fiatalon, 8-10 évesen bűnözők voltak.

– Az mit jelent?

– Azt jelenti, hogy csinálták kicsiben vagy nagyban, amit a szüleik. Vagyis betörtek. Én meg mentem velük.

– Viccelsz?

– Más kérdésed nincs, mert korábban is ezt tetted fel, vagy ennyire futja a kommunikációd humán szakos tanár létedre?

– Hihetetlen számomra.

– Kipecáztak.

– Az mit jelent?

– Az alagsori gyerekbűnözőknek szemet szúrt, hogy értelmes vagyok, de nagyon nyeszlett, kicsi, beférek még egy kicsi spájzablakon is. Így aztán mentem velük Mama tudtával a terekre, utcákra játszani, csak azt nem tudta szegény, hogy nem focizunk a grundon, hanem betörünk és lopunk. Először arra tanítottak meg, hogyan lehet a boltokból apró dolgokat ellopni, főleg csokoládét. Aztán jöttek a komolyabbak. A szülők kifigyeltek lakásokat, hogy mikor nincsenek otthon a lakók, mik a szokásaik, és utána ráküldték a gyerekeket. Engem általában a legkisebb helyen dobtak be, olyan ablakon, ami nyitva maradt vagy kinyitották. A feladatom az volt, hogy gyorsan áttekintsem, mi a mozdítható érték, amit elbírok, és ki is fér akár egy ajtórésen. Órák, ékszerek, készpénz. Ami a mai napig érdekes számomra, hogy rendesen kaptam az eladott szajréból részesedést. Ha készpénzt sikerült lopni, akkor azonnal megkaptam a részemet.

– Sosem buktatok le?

– Sosem. Az is igaz, hogy nem csináltam sokáig, mert kezdődött az elemi iskola második osztálya, az Érdesfejű család meg elköltözött, a gyerekeik később állami gondozásba kerültek, mert a szülők bevonultak a Csillag börtönbe gyilkosság miatt.

– Miért, te hány éves voltál a betörések alkalmával?

– Alig múltam hat. Amíg apám kutatott, amíg anyám gyógyszereket kevert, én kirámoltam 5-6 lakást.

– Sosem látogattak meg a szüleid 12 éves korodig?

– Dehogynem, szó nincs róla! Csak nem volt benne sok köszönet.

– Ezt most nem értem.

– Hogyan értenéd, amikor én az egészet nem értem? Volt apámnak egy szülész-nőgyógyász haverja, a Gedő Gábor, akik Egerben éltek. Évfolyamtársak voltak anno. Ők meghívták szüleimet és mondták nekik, hogy menjenek el egy hétvégére, hozzátéve: „de a fiatokat is hozzátok magatokkal". Mert ők úgy tudták, mi egy normális, teljes család vagyunk. Elmentünk. Majd este 8 körül betértünk egy egri étterembe. Sosem felejtem el, egy hosszú asztalnál ültünk egymás mellett, én az asztal végén. Mindenki előtt pohár volt, a pincér sört hozott és kitöltögette, így az előttem levő pohárba is. A szülők, mint gyakorlott szülők, erre nem figyeltek, a beszélgetéssel voltak elfoglalva. Én biztos megittam alig 6 évesen öt pohár sört, majd az asztalra borulva elaludtam, vagy elájultam. Ekkor apám kivitt a kocsijába, a hátsó ülésre lefektetett, és visszament az étterembe dumálni. Majd amikor belehaladtak az éjszakába, véget vetettek a mulatságnak és mentek a kocsijukhoz, Gedő Gáborék is a sajátjukhoz, és indultunk Gáborék lakására aludni. Ekkor vette anyám észre, hogy az autót telehánytam álmomban, mert akkor is olyan részeg voltam, hogy nem bírtak felkölteni. Istennek köszönhető, hogy álmomban, amikor hánytam, nem fulladtam meg. Első komoly alkoholmérgezésemkor nem voltam még elemista, csak nagycsoportos óvodás. Na, majd holnap beszélünk, most, 60 évvel később ismét megiszom pár sört. Szia!

– Jó sörözést, de csak óvatosan.

***

– Hali, Kismatos, a mai fiatalok nem is tudják, mi is az a kapupénz. Nyilván nem falun volt divat, hanem a városi bérházakban. A ház nagykapuját este 10 órakor a házmester bezárta, aki kimaradt bármilyen oknál fogva, annak fel kellett csöngetni a házmestert, hogy a lakásába jusson. Ezért pedig adott borravalót, jó esetben 20 fillért.

– Most valami ismeretterjesztésbe kezdtél.

– Nem, csak egy sztorit akarok ennek kapcsán elmesélni. Az alagsori Érdesfejűeket felváltotta a Hízó család, ők költöztek oda. Velük is nagyon jóban voltunk, nekik is volt 4 gyerekük, és a családfő, Sanyi bácsi, egy szőke cigány volt, iszonyatosan nagy, nyers erő birtokosa. Történt, hogy egy ficsúr már harmadik éjszaka is felcsöngette Tatát, nemhogy kapupénzt nem adva, hanem trágár szavakkal illette, és mivel erősebb alkat volt, bántalmazta is. Nem volt mit tenni, be kellett vonni Hízó Sanyi bácsit. Levezettek madzagon Tatáék egy csöngőt az alagsori lakásba (ez volt a korabeli wifink) Sanyi bácsihoz, és abban egyeztek meg, hogy ha jön megint a ficsúr – akit arról lehetett megismerni, hogy addig nyomta a csöngőt, amíg a kaput ki nem nyitották neki –, akkor ezt jelezni fogjuk. Így is történt. Jött a csengőfrász, elindult Tata, később feljött az alagsorból Sanyi bácsi, én meg 6 évesen a lépcsőházból kukkoltam a fejleményeket. Mielőtt a ficsúr elkezdte volna a lökdösődést, a sötétből előlépett Sanyi bácsi, leakasztott neki egy irdatlan nagy tockost, majd két kézzel a grabancánál megfogva a kapuból kihajította a villamossínekig úgy, hogy mindkét lába eltört. Volt egy másik érdekes eset is velük kapcsolatban. A Búza vendéglőben iszogattak a feleségével, Éva nénivel, a Tatám egy másik asztalnál sörözött, én meg csatos bambit ittam. Sanyi bácsi szóváltásba keveredett egy vendéggel, majd úgy megcsapta, hogy az kiterült és mozdulatlan is maradt. Mindenki megijedt, hogy meghalt. Erre Sanyi bácsi mondta a feleségének, hogy egy kicsit szúrja hátba, hogy azt mondhassák, hogy ezt a férfi tette és ő csak önvédelemből ütötte meg.

Éva néni ezt olyannyira komolyan vette, hogy úgy hátba szúrta a férjét, hogy a közelből kiérkező rohammentő orvosa alig tudta stabilizálni, míg életveszélyes állapotban beszállították a kórházba. Éva néni másnap meglátogatta az alig élő férjét és annyit tudott csak elrebegni, hogy ő nagyon sajnálja, ami történt, nem így akarta és mindjárt öngyilkos lesz, és mi is lesz majd akkor? Sanyi bácsi közömbösen csak ennyit mondott: „akkor egy kurvával kevesebb lesz".

– Poénos történetek voltak, de miért mesélted ezeket el?

– Azért, hogy lásd, mint magas kvalitású egészségügyi szülők gyermeke, én így szocializálódtam.

– Érezted ennek későbbiekben a negatív hatását?

– Te alapállásból olyan hülye vagy, mint más nekifutásból. Persze, hogy éreztem. Amikor az első elemibe mentem, akkor körülbelül 400-as szókincsem volt, ennek a fele cigány. Az öltözékem meg olyan mesteri! – házmesteri – volt. Kérdezte Viola tanítónéni, hogy hívnak.

Elmondtam. Kérdezte, kik a szüleim. Mondtam, apám orvos, anyám gyógyszerész. Viola tanítónéni csak ennyit mondott: „hogyan tudsz te kicsiként ilyen nagyot hazudni?"!

– Nem hitte el?

55

– Hát nem voltam egy intellektus, ami hír eljutott apámhoz is. Úgy tervezte, kezébe veszi a dolgokat és hazavisz.

– Meddig maradtál ott náluk?

– Mindössze egy napot. Ugyanis hazavittek, anyám szépirodalmat olvasott, imádott olvasni. Apám orvosi szakirodalmat. Én egy darabig ültem magamban, aztán elkezdtem roszszalkodni. Értsd ezt úgy, hogy mondjuk piszkáltam az orromat és elkezdtem magammal két hangon beszélgetni, mert valakivel csak kellett. Erre apám úgy kizökkent az orvosi szakirodalom olvasásából, hogy a térdére fektetett és addig verte a seggemet, míg behugyoztam. Akkor én 16 kg lehettem, ő meg 80. Aztán próbáltam menekülőre fogni a dolgot, de amikor meglátta, hogy bepisáltam, úgy szájon vágott ököllel, hogy nekiestem az ajtónak és felszakadt a szemöldököm. Aztán még aznap visszamentem Tatáékhoz. Ők azt mondták, többet nem vihetnek el. Mindenesetre ez olyan verés volt, amiért a mai világban, ráfogva, hogy kiskorú veszélyeztetése meg ilyesmi, minimum felfüggesztett börtönbüntetést kapott volna apuka, de a karrierjének vége lett volna.

– Apád ekkora állat volt?

– Dehogy! Ő egy nagyon okos, nagy tudású, lelkiismeretes orvos volt. Egy piszok jó barát, akire számítani lehetett. Imádták a kollégái, sármos, nagyon jó humorral megáldott, társaságban központi figura. Csak: anti-szülő! Imádta anyámat, imádták egymást. Ettől függetlenül, mint férfinak, amikor külföldön kutatott egy évig egy húzóban, akkor azért voltak női, de ezt ő csak szolgáltatás-kategóriának tekintette. De a halála előtt 10 évvel derült ki, hogy az ilyen szolgáltatásokból Moszkvában született egy féltestvérem, egy nő, aki szemorvos. Pár év korkülönbség van csak köztünk.

– Anyád tudott ezekről a szolgáltatásokról?

– Igen, de mindig azt mondta: „énhozzám jön haza". Nagyon szerette apámat, viszont szerették egymást. Ha ebből a szeretetből kicsi jutott volna nekem, az jó lett volna. Én viszont sok szeretetet kaptam Tatától és Mamától. Tata tanított meg biciklizni, ő vitt el rendszeresen pecázni, neki köszönhetem, hogy megszerettem a horgászatot. Emlékszem a sok gyerekkori karácsonyra. Tatának voltak ezüst és arany festékei – mint mondottam, piktor volt. Diót, tobozokat festett be, és azokkal díszítette a fát fel. Engem addig Mama elvitt sétálni. Majd amikor hazaértünk, megjött a Jézuska. Hozott a pult alól narancsot – mert ezt akkoriban nem lehetett a banánnal együtt másképp kapni –, fajátékokat, meg egy csomó szeretetet. Ők voltak nekem a biztos pont. Meg a hit. Bennük hittem, és nekik elhittem mindent. Egyszer például megkérdeztem Tatától, milyen az, ha meghalunk. Gondold el, ez milyen váratlan kérdés egy hatéves gyerektől, és válaszold meg, még akkor is, ha történetesen nem gyermekpszichiáter vagy. Azt mondta, a mennyországba kerülünk. Az milyen? – kérdeztem. Azt mondta, ott végtelen szeretet van, senki nem bánt senkit, sem az állatok, sem az emberek. Ott nyugodtan felülhetsz az oroszlán hátára is, és meg is simogathatod. De jó lenne meghalni! – szakadt ki belőlem. Na, ekkor, életében először, majdnem pofon vágott.

– Meddig tartott ez az idilli nevelői-nagyszülői állapot?

– Nem sokáig. Már elvégeztem az első elemit, amikor apám kapott egy freiburgi egyetemi ösztöndíjat másfél évre. Mert ő dolgozott Lengyelországban, Angliában, Szovjetunióban és most a nagy Nyugat-Németországba ment. Viszont tett bele egy olyan csavart, hogy vitte anyámat, és engem is. Ami a legmeglepőbb volt, hogy kiengedték az egész családot. Pedig disszidálni akartunk: apám onnan Svédországba akart menni családostól, ahol egy kutatóintézetben kapott volna állást. Képzeld el Tatát és Mamát, hogy engem elvisznek tőlük 1300 kilométerre, meg engem is, aki azt sem tudta, mi is lesz most.

– Ez érdekes fordulat. És kimentetek?

– Persze. Apám váltott egy közeli német faluban albérletet egy magánházban, de úgy, hogy voltak háziak is. Ő onnan járt be kutatni, anyám meg én otthon voltunk. Aztán beírattak egy helyi iskolába. Fél év múlva jobban beszéltem németül, mint magyarul, nyilván a koromnak megfelelő szókincs mellett. Egy félelmem volt: egyedül kellett iskolába járnom, az országút mellett, anyám egyszer sem kísért el. Valószínűleg olvasott. Akkoriban a német újságok tele voltak gyerekrablás-cikkekkel. Magyarországon, a Kádár-rezsimben ez ismeretlen fogalom volt. A német családok – ezt is írták az újságok – egyedi kölniket kutyultak, amivel nyakon öntötték a gyereküket, hogy ha elvesznek, a nyomozó kutya jobban szagot fogjon. Ez igaz volt-e, nem tudom, de az újságokban olvastam. Rólam meg hihették, hogy valami diplomata-sarj vagyok, jó pénzes családból. Érdekességként megjegyzem, hogy pont 50 évvel később, 57 éves koromban kimentem ugyanoda, megkerestem azt a házat, és éltek a háziak meg a szomszédok is.

– Akkor ezek szerint már ezzel jelezted, hogy nem történt tragédia, nem raboltak el, mert akkor nem beszélgetnénk.

– Hát, agyműtétnél nem leszel donor, ha neked csak ebből jött le, hogy másként nem beszélgethetnénk, de ne ragadjunk itt le. Szóval féltem iskolába menni úgy 3 kilométernyit, ezért reggelente megkértem a német gyerekeket, akik kerékpárral jártak, hogy hadd futhassak mellettük az iskoláig, de ez nem tetszett nekik, mert így nem tekerhettek gyorsan. Nyilván anyámnak nem voltak nevelési tapasztalatai egy gyereknek az iskolába való elvitele terén, szerinte az teljesen normális, ha egy 7 éves gyerek Tatától 1300 kilométerre, számára egy vadidegen országban egymaga jár iskolába az országúton.

– Végül, félretéve az agydonorságot, disszidáltatok?

– Nem. Apám anyja egy német anyanyelvű zsidó nő volt, vagyis a nagyanyám. Ő is utánunk akart volna jönni, de nem kapott útlevelet. Aztán elkezdték az itthon maradt nagyszülőket piszkálni a rendőrök, így hazajöttünk fél évvel később, mint kellett volna.

– Retorzió állam bácsitól?

– Anyámat kivágták az állásából, amit évtizedekkel később is sérelmesnek tartott. Sajátos igazságérzetük volt. Szerinted, ha valaki most fél évig nem jelenik meg a munkahelyén, megdicsérnék?

– Biztos nem tárt karokkal várnák. Egyébként milyen élményt adott 7 évesen a nyugat?

– Összezavart. Láttam egy csomó nyugati kocsit, amik csak közel harminc év múlva jelentek meg itthon. Magas volt az életszínvonal, amit akkor másképp fogalmaztam. Például nem tudtam, hogy ott gázfűtés volt, csak láttam a falon egy nagy gombot (termosztát), és ha azt elcsavartuk, akkor gyorsan meleg lett. A meleghez nem kellett tojásszén, salakolás a kályhából meg ilyesmi. Aztán például az iskolában palatáblára írtunk, de mindenkinek volt logarléce számolni. Megtanultam titrálni. Apámék bevittek az intézetbe, és egy laborban figyelnem kellett, hogy a bürettából hányadik csepp után vált át az oldat színe. Ők addig a másik laborban csináltak valamit. Én figyeltem, de unatkoztam piszkosul és apám golyóstollával piszkáltam a pofámat. Majd bejött apám és meghökkent. A tollat odatette a Geiger-Müller számláló cső elé, az meg csak úgy kattogott. Ugyanis félórára egy sugárlaborban hagytak véletlenül, valószínűleg azért bírom így az italt, szóval gondos szülők voltak ott is velem.

– Hogyan fogadtak itthon az iskolában?

– Kétkedve. Nem hitték el, hogy Trabant gépkocsin kívül van még más gyártmány is. Viola tanítónőnek meséltem, miközben a terembe bejött a pedellus szenet rakni a kályhába, hogy Németországban, ha a lakásban hideg volt, felcsavartunk egy gombot a falon és meleg lett.

– Sosem növöd ki az állandó hazudozást – mondta, és közelebb húzódott a kályhához. Fázott.

***

– Szia, te világjáró. Aztán történt-e valami jó itthon Tatádnál, amikor hazajöttetek?

– Ráhibáztál, mert igen. Tata kapott megőrzésre 30 ezer forintot, ami akkor egy kisebb vagyon volt. Ő megőrizte, az volt a feladata, hogy az illetőnek adja vissza, amikor majd kéri, de közben azt csinál vele, amit akar, be is fektetheti (mert az illető külföldre ment egy évre). Tata betett belőle 5 ezer forintot autónyereményre, és láss csodát, december 18-án, a születésnapomon kihúzták. Mivel neki nem kellett autó, a pénzt kérte el, ami 68 ezer forint volt. Ezért anno lehetett Tápén kapni egy kocka magánházat. Élhetett volna élete végéig királyként belőle, mint házmester. Nem ezt tette. Nekiadta apámnak azzal a feltétellel, hogy amikor én felnőtt leszek, akkor ebből vegyen nekem egy lakást, vagy segítsen majd hozzá. Ezt apám megígérte, meg anyám is.

– Azért nem értem – visszatérve a régebbi beszélgetésünkhöz –, hogy miért kellett neked lakhatás miatt egyik nőtől a másikig lökődnöd? Lehetett volna ebből saját lakásod.

– Lehetett volna, de nem lett, mert Tatáék halála után ezt a pénzt a szüleim lenyelték, nem láttam belőle egy fillért sem.

– Folytassuk most tovább ezt a beszélgetést, vagy előtte megengeded, hogy ki kurva anyázhassam magam?

– Persze, csak nyugodtan.

– Hogyan folytatódott továbbiakban a gyerekkor?

– Biztonságban, Tatánál. Amikor ráért, együtt tanult velem. Én meg ápoltam a barátságot az alagsori lakók gyerekeivel, eljártam betörni velük; szépen teltek a napjaim és éveim.

– Nem érezted azt, hogy a betörés bűn, elvenni másét nem szabad?

– Nem váltott ki belőlem ilyen érzést. Ahogy szokták mondani: amióta az eszem tudom, ez természetes volt, azoknak a gyerekeknek a szülei is ezt csinálták. Viszont történt megint valami, ami aztán nagy változást hozott az életemben.

– Csupafül vagyok!

– Apámékat meghívta egy orvos kollégája Pestre, dr. Horváth István, akinek volt két lánya, Márta és Helga. Nagyon hasonló korúak, mint én voltam. Emlékszem, csodaszép magánházban éltek; világos, nagy nappali, több szoba, hatalmas fürdőszoba. Ne felejtsd, hogy én akkor már 10 éves voltam, és még mindig az udvarra jártam nagydolgozni. (Szarni, ha nem értenéd). Volt egy hatalmas zongorájuk. A lányok gyönyörűen játszottak rajta, kérdezték, kipróbálom-e? Mondtam, hogy nem tudok zongorázni. Aztán egy angol meséskönyvből olvastak fel nekem, láthatóan nagyon büszkék voltak rájuk a szüleik. Kérdezték, hogy tetszik. Mondtam, hogy nem értek belőle egy szót sem. Aztán felsorolták az eddig olvasott könyveik közül a kedvenceiket. Mielőtt kérdezhettek volna, kifejtettem, hogy eddig egyetlen könyvet sem olvastam, de már láttam még ilyen fiatalon is, hogy szívatnak. Gyorsan körbenéztem a szobában, hogy felmérjem, mit lehetne ellopni, mert ebben profi voltam.

– Volt valami préda?

– Nem igazán, meg aztán el is jöttünk. De amit én ezután kaptam apámtól! Végig szorongatta a kezemet úgy, hogy majd' eltörtek az ujjaim. Lecseszett, hogy én lejárattam, mert ezek előtt a művelt lányok előtt én fel sem állhatok, hogyan lehet neki ilyen buta gyereke. Rám nem lehet büszke, mivel is büszkélkedhetne. Mondtam neki, hogy pár évvel ezelőtt szépírásból kaptam négy darab ötöst, és amikor ezzel elbüszkélkedtem neki, azt mondta röhögve, hogy „csak a buta ember ír szépen". Akkor el kell fogadnia: buta vagyok.

– És mi lett az a nagy változás az életedben, amiről korábban említést tettél?

– Ja, igen, apámék a Tata által nyert pénzből vettek egy belvárosi öröklakást és magukhoz vettek, mert ha buta is vagyok, de már éjszaka nem sírok (csak csöndben, mert hiányoznak Tatámék), pelenkába sem szarok már, szobatiszta vagyok, kaptak egy 12 éves fiút, aki folyékonyan beszél, ha nem is angolul, de bármelyik romával.

***

– Tudod, mi a számomra még most is fura? Az, hogy annak idején én igenis szerettem a szüleimet.

– Csak ismételni tudom magam, hogy viccelsz, mert megint nem értelek.

– Egész életemben a Tatáéknál nagyon nagy biztonságban éltem, nagyon bensőséges kapcsolat volt Tatával köztünk. Közösen gyűjtöttünk pénzt perselyben, amikor hajnalban elment dolgozni, még írt nekem levelet „Manócska" aláírással. Én meg, amikor nem bírtam megvárni, mert későn jött haza a munkából, írtam neki levelet „Mazsola" aláírással. Sok levelet írtunk egymásnak, amik a mai napig megvannak, idestova 60 éve egy dobozban. Viszont mindig tudtam, hogy nekem vannak szüleim, és vágytam a szeretetükre. Úgy gondoltam, hogy most öszszeköltözve ki fog alakulni egy jó szülő-gyerek kapcsolat.

– Kialakult?

– Nem. Próbálkoztam és próbálkoztunk az elmúlt 12 évet behozni. Igyekeztünk néha még infantilis dolgokkal, ami a korunkhoz már nem passzolt.

– Mondj már rá példát, mert ez tényleg nem világos.

– Anyám például azt mondta, legyen egy közös titkunk vagy mondókánk. Mégpedig: Tosca, Traviata, Nabucco, Bajazzók.

– Tosca, Traviata, Nabucco és Bajazzók?

– Igen.

– Miért pont ez?

– Hát honnan tudjam, miért pont ezt találta ki? Csak furcsa, hogy én közel 16 évesen, anyám meg 42 évesen ilyen gyermeteg mondókát kreálunk titkunkként. A mondóka úgy 5 évesen még érthető lett volna, de felnőttkorban? Apropó, felnőttkor! Anyám 50 éves korában, amikor visszamondtam neki ezeket a szavakat, még emlékezett rá, 60 évesen már egyáltalán nem, a 70-es éveiben meg már végleg csak az én titkom maradt a mondóka. Egyébként én gyerekkorom óta Tatával gyűjtöttem pénzt, meg már tizenévesen elmentem nyári munkára a Füvészkertbe locsolni meg kapálni, és 16 éves koromra összejött vagy 3500 ft. Ez akkora pénz volt, hogy nekem a kezdő mérnöki fizetésem volt 2800 ft. Emlékszem, néztük anyámmal a kirakatokat és megtetszett neki egy bunda. Nyilván nem nerc, de az ára pont 3500 Ft volt. Sóvárogva nézte, majd mondtam neki várjon ott, mindjárt jövök. Hazarohantam, elhoztam a 10 éve gyűjtögetett spórolt pénzemet, és megvettem neki.

– Örült?

– Persze, de valahogy nem tudom én ezt megmagyarázni neked, az a kiesett 12 év az behozhatatlan. Akkor ezt így nem tudtam magamnak kifejezni, mint most, mint a versben, hogy: „Valami nincs sehol".

– Apáddal mi volt a helyzet?

– Érdekes, hogy az ő fejéből pattant ki, miszerint én ne a családjukban nőjek fel, mégis jobban szerettem. Mert tudat alatt nem értettem, hogy egy anya erre miként bólinthat rá. Apám mindig is jobban hiányzott a Tatáék idejében is. Még akkor is, ha egyszer majdnem agyonvert, sosem figyelt rám, büszke sem volt a fiára – igaz, nem is volt miért. Én büszke voltam arra, hogy kandidátus, jó beszélőkéje van, szeretik a barátai. Amikor meghallottam, hogy valahova elutazik, mindig féltettem, nehogy valami baj érje, alig vártam, hogy hazaérjen, mert ezek a hírek azért gyerekként is eljutottak hozzám. Előfordult, hogy kisgyerekként esténként sírva imádkoztam, hogy szerencsésen hazaérkezzen külföldi útjairól. Nagyon meg voltam hatva, amikor meghallottam, hogy rendben hazaért, mert mindig tudtam, hogy ő az apám.

– Bocs, hogy közbevágok: meg az anti-szülő is egy személyben.

– Igen, az nem érthető számomra, hogy vannak, akik örökbe fogadnak kisbabát és nagy szeretettel nevelik. Akkor az, akinek van, miért viselkedett így? Ez olyan, mintha vennék egy kutyát, majd bevágnám a menhelyre. Néha ránéznék és fikáznám, hogy a többi kutyához képest mennyire tanulatlan. Hát, ha valakivel nem foglalkoznak, az marad. Egy állat tartása is nagy felelősség, a gyerek vállalása még nagyobb. Nem kell egy gyereket feltétlen szeretni, de azért tisztességesen lehet vele bánni.

– Sőt! Most engedd meg, hogy egy kicsit emésszek, majd holnap beszélünk.

***

– Na, megemésztettél mindent, a vacsorát is?

– Azt igen, de a többit nem. Milyen volt az új élet az új lakásban, az új családdal?

– Volt fürdőszoba, tehát a mínuszokban nem kellett éjszaka kimenni az udvarra, ha szükségét érezted. Ettől függetlenül hiányzott Tata, Mama, napi rendszerességgel jártam is hozzájuk. Meg elkezdődtek a gimnazista évek, angol tagozaton. A humán tárgyak jól mentek, a reál nem nagyon. A magyar irodalmat Bakai Ferenc osztályfőnökünk tanította. Ő egy igazi kommunista volt. Az osztálytermünk hátsó falára három nagy képet rakott fel, de úgy embernagyságban. Középen volt Lenin, a két szélén Marx és Engels.

– A mindenit!

– Minden fogalmazást úgy kellett egy kommunista költő verselemzésénél befejezni, hogy „látszik benne a szocialista munkaerkölcs, a szocialista embertípus". Ugyanakkor a későbbi érettségi találkozókon pár lány mesélte, hogy azt a tételt húzhatták nála, amit megtanultak, bizonyos elvárt szolgáltatásokért. Ő meg egy ilyen cucialista embertípus volt.

– Nem szeretett, nem szeretted?

– Alapjában véve én valamikor mindenkit szerettem, egészen addig, amíg legalább a harmadikat belém nem rúgta.

– És ő?

– Ő eleve azt nem szerette bennem, hogy az osztályban én voltam az egyetlen, akinek orvos az apja. Azt hitte, hogy én egy elkényeztetett egyke vagyok, akit a szülők tunkolnak pénzzel. Ezért például az osztálypénztárba a többiekhez képest mindig 20 forinttal többet kellett befizetnem. Gyakran mondta az egész osztály előtt, hogy mi sok jót fogok én a szülőktől kapni, mennyire könnyű lesz nekem az élet. Emiatt irigyelt, utált is, természetesen a szüleimmel sem szimpatizált.

– Nem tudta akkor, milyen kiegyensúlyozott gyerekkorod volt, átszőve a szülői szeretettel; te voltál apuci öröme, anyuci álma!

– Kapd be! Amúgy egy száz kilós, másfél méteresre nőtt pöcs volt, akit történetesen bagóért meg lehetett volna venni a szocialista humanizmusával együtt. Apám viszont más volt. Nem volt párttag, maximum szimpatizáns a rendszerrel. Apám kutató volt. Van olyan kutató, aki csak kutat; van olyan, aki nem csak kutat, talál is, viszont az ilyet keresik. Így ő keresett volt a szakmában: egy okos, szorgalmas ember, és ahogy te mondanád, anti-szülő.

– A pályaválasztással miként álltál akkoriban?

– Szerinted hányan tudják megmondani gimnazista korukban, hogy mik akarnak lenni? Én sem tudtam. Apám szerint vagy orvos kell, hogy legyek, vagy gyógyszerész.

– Vagy betörő!

– Mivel az orvosi beavatkozásoktól alapállásban irtózom, az szóba sem jöhetett. Maradt a patikusság. Felvettek, két év után, amiben volt évismétlés is, otthagytam.

– Ennyire hülye voltál?

– Ennyire. Egyáltalán nem érdekelt. Nem buktam ki az egyetemről, mert szerves kémiából mehettem volna még utóvizsgázni, de nem mentem. Többen otthagytuk. Még Ottó barátom is – tudod, ő volt az, aki egyedül feljöhetett apám lakásába, amikor a nagy női forgalom miatt az egyik vénlány kiakasztotta a piros lampiont az ajtónkra.

***

– Aztán mi lettél, hogy nagy lettél?

– Árva!

– Micsoda?

– Meghalt Tata. Tüdőrákban. Rengeteget szenvedett. Úgy éreztem, mintha kihúzták volna a talajt a lábam alól. Ő volt a biztos pont az életemben, a biztonságérzet, a szeretet, az Isten! Aztán három évre rá Mama halt meg, hátsó fali infarktusban. Szinte állandóan a temetőben voltam, mentem ki hozzájuk, vittem a virágokat, de nem is akarok tovább erről beszélni, mert a verbális készletemben nincsenek olyan szavak, amivel a fájdalmamat le tudnám írni. A gyógyszerészetnek való búcsúintés után egy főiskola hús-baromfi ipari ágazatos szakán technológus mérnök képesítést szereztem, innen vittek el a hat elemisek közé katonának, aztán szereltem le, váltam el háromszor, de ezeket már tudod. A gyerekkor felé a kitérőt csak azért tettük, mert nem értetted, hogy egy jó családba született embernek miként nem lett saját lakása, pedig a Maslow-féle piramisnak is csak az alján szerepel a biztonsági, fiziológiás szint, ha nem nagyon tudsz hol lakni, akkor az önmegvalósítás az várathat magára. Nehezen jutsz feljebb a szükséglet-hierarchiában.

– Azért a három házasság sok.

– Mihez képest? Az elsőre tényleg még ráfoghatom, hogy én is hibás voltam: én horgászni szerettem, ő hangversenyre járni, nem illettünk nagyon egymáshoz. Nehezen kötöttünk kompromisszumot. A második viszont elcigarettázta és alkoholizálta a magzatát, a harmadik házasságomban meg az uradalmi cseléd befeküdt a franciaágyamba és „egyéb"-ként kiszekált a házából.

– Ez is igaz, miért nem nősültél meg negyedszerre?

– Az előbb mondtad, hogy a három is már sok volt. Nem voltam egy jó parti három válás, három gyerek mellett, lakás nélkül. Maradtam a barátnők mellett, akik gyakran elég kétes egzisztenciával rendelkeztek: a fizetős szolgáltatásoknál.

– Magyarul a kurváknál?

– Na, azért itt most pontosításra lesz szükség! Sok kapcsolatom volt, főleg orvosnőkkel, magasan kvalifikált nőkkel, volt alpolgármester kapcsolatom is, és ezért kellene tisztázni a „kurva" fogalmát. Több orvosnőt ismertem, akik a 3. évfolyamon hozzámentek a docens úrhoz, aztán hatodéves korukra már szültek nekik két gyereket. Mire végeztek, az docens úrból professzor lett, így aztán a feleségüknek jó állást tudtak szerezni, a szakvizsgában is erősen segédkeztek, majd telt, múlt az idő. A feleségek nem voltak túl okosak, mégis számtalan tudományos cikket jelentettek meg. Ugyanis professzor férjük mindig megtette az asszonyokat társszerzőnek; volt, amikor a tudományos cikkeiket a feleségük nevei alatt jelentették meg. Majdan az idő múltával az asszonyok segge igencsak viszketni kezdett, kevés volt már az öregedő professzor az ágyban, és elkezdtek kavarni az orvostanhallgatókkal. Miután már a professzor uraknak eléggé megalázó lett a kialakult szituáció, elváltak, de addigra a feleségeiket jól befuttatták. Érdekes viszont, hogy a korábbi, éves rendszerességgel az asszonyok által megjelentetett tudományos értekezések megszűntek. A válás után elzáródott a tudományos artéria.

...Aztán voltak olyan biológus nőismerőseim, akik kapásból 30 évvel idősebb, eleve professzort választottak már hallgató korukban. Ők is a lehető legjobb állást kapták, jöttek a tudományos publikációk, a sok külföldi út, konferencia a férj jóvoltából, és eljátszották a gerontofil nagy szerelmest. Aztán a professzor úr meghalt, de még ki sem hűlt, amikor a biológus asszony már eljegyeztette magát azzal a 40 évvel (!) idősebb professzorral, akit a volt férje egy konferencián mutatott be neki Calgaryban. Nála a gyors váltás miatt meg sem szakadt a tudományos cikkek megjelenése... Az egyetemen, ahol hosszú ideig dolgoztam és onnan is mentem nyugdíjba, volt egy, az előzőekhez képest jóval kisebb kaliberű közgazdász lány, az a jó seggű, „vegye-vigye" típus. Sokszor panaszkodott nekem, hogy ő Szeged összes szemét, nagypénzű pasiját kifogta, de egyik sem vette el. Végül hozzáment egy építési vállalkozóhoz, aki a mellett, hogy mint vállalkozó, inkorrekt, nem tud beszélni, nem lehet érteni, amit mond. Pénz van, a logopédust meg tudnák fizetni, de igény nincs rá, esténként felolvasóestet nem szoktak tartani. Valószínűleg szerinted az a nő, aki bizonyos összegért lezavar egy erotikus masszázst, az kurva. De gondolkozz el rajta, ki az igazi ribanc valójában!

***

– Megértettem a tanmesét.

– Nem mese ez, gyermek!

– Na, térjünk vissza oda, hogy három válás után, három gyerekkel miként alakult a sorsod?

– Kilátástalan volt. A szüleim, mint már a legelején is említettem, erejükön felül támogatták az első feleségemet és Stefi unokájukat. Olyan összegeket adtak havonta az ex-menyüknek, ami egy középvezetői fizetésnek felelt meg. Így meglehetősen jól éltek a fiammal, akit az anyja maximálisan ellenem nevelt. Olyannyira, hogy pl. amikor Stefi 26 éves lett, próbáltunk találkozgatni; úgy volt, hogy megtanítom horgászni. Sosem késő! Viszont amikor találkozgattunk pár alkalommal, az anyjának azt hazudta, hogy a barátaihoz megy, mert még 26 éves korában is tiltotta volna az anyja tőlem. Majd kiderült, hogy velem találkozgat, és az anyja feldobta a gyereknek, válasszon: „vagy ő, vagy én". Érthető módon az anyja mellett voksolt.

– Érthető módon... De az ilyen gyerekért nem kár.

– Szerintem sem.

– Azért bizarr lehetett ez a kapcsolat a szüleidnek a volt menyükkel és az unokájukkal. Van egy saját fiuk, akit kiadnak nevelőszülőkhöz; amit kapnak az autónyereményből, azzal a feltétellel, hogy felnőtt korodban segítsenek belőle lakáshoz, azt benyelik, te meg lógsz a levegőben.

– Nem csak bizarr, romboló is volt. Példát mondjak rá? Apám nagyra becsülte a matematikusokat. Ő a menyében látott valami matematikus vénát – kétségkívül volt is benne. Ezért saját költségén beíratta programozó matematikára.

– A volt asszonyt, a volt menyét?

– Igen. Annyira viszont nem volt jó matematikus, mert két vizsgája sikerült kettesre. Az egyiknél akkora volt a hasa a 9. hónapban, hogy inkább átengedték, mint megszüljön. A másodiknál meg vitte magával vizsgázni az alig egyéves gyereket, mondva, hogy ő olyan szerencsétlen, nem tudja kire hagyni. Mivel a gyereket meg kellett szoptatni (és ezt a vizsgáztató beszopta), inkább átengedte kettessel. Pedig az nem igaz, hogy a gyerekre nem volt, aki vigyázzon, hiszen amikor órákra kellett bejárnia Jadvigának, akkor szüleim bébiszittert fizettek, mert még ők sem voltak nyugdíjasok. A programozó matematikus stúdiuma után egy évtizeddel összejöttem egy csajjal, aki programozó matematikus volt. Szóba került a volt feleségem, és mondta, ismeri, mert csoporttársa volt. Elmesélte, hogy volt, amikor a szüleim is elkísérték vizsgázni. Jadviga bement az épület főbejáratán, a hátsó kijáratnál meg hazament. Nem is vizsgázott. Volt olyan, amit nem értettek, hogy taxival érkezett az órákra, pedig közel lakott – ez akkor volt, amikor én garázsban laktam. Aztán persze kibukott az évfolyamból, de ez a kis játéka a szüleimnek királyi váltságdíjra való összegbe került.

– Nem csak bizarr volt ez a kapcsolat köztük, hanem abnormális is.

– Igen, normálisnak nem mondható. Ami a legjobban bosszszantott, hogy a volt nejem a gyerekkel zsarolta a szüleimet;

68

nagyon jól tudta manipulálni őket és szinte állandóan hazudozott. A hazugságai mindig kiderültek, de kapaszkodj meg: rendszerint 10 évvel később.

– Mondjál már rá példát, mert ezt már megint nem értem.

– Tudod, hogy váláskor otthagytam neki azt a házmesteri lakást, amit elörököltem. Abban nem volt meleg víz, így olyan automata mosógépet használt, ami hideg vizes csapról dolgozott, tehát fel kellett a gépnek melegíteni a vizet. Aztán Újszegedre költözött egy modernebb lakásba a szüleim segítségével, ahol hideg-meleg vizes fürdőszoba volt. Mivel a mosógépe nem volt ehhez a lakáshoz elég modern, azt hazudta, hogy költözködés közben a járdáról, a teherautó mellől ellopták az alatt a két perc alatt, amíg bement valamiért a lakásba.

– Ne hülyéskedj már! A Kádár-korszakban még így nem loptak, pláne egy 60 kilós mosógépet valaki a hóna alatt nem vitt el.

– Persze, hogy nem, de ezt hazudta, majd kiverte a hisztit, hogy a kis Stefikére mivel fog így mosni az új lakásban. A szüleim még abban az órában vettek neki egy automata mosógépet. Megjegyzem, hogy ekkor a szüleim nem voltak még nyugdíjasok, anyámnak automata mosógépe először 70 éves korában volt, amit én vettem nekik, mert megsajnáltam őket.

– Te sem vagy normális, de miként derült ki a hazugság?

– Említettem, hogy régebben szárazárut vásároltam termelői üzemekből, és mint viszontszámlás eladó, vittem cégekhez némi árréssel. Emlékszel, ezt a célt szolgáló húsüzem kialakítását nem engedte apósom meg Babuska.

– Igen.

– Na, szóval a mosógép vásárlás után 10 évvel vittem a Szegedi Biológiai Kutatóba szalámit, kolbászt, ahol Jadviga is dolgozott pár évet, amely állást apám szerezte neki.

– Miért nem csodálkozom?

– Igen, apám a kapcsolatai révén a konzervgyárba, a kutatóba meg a főiskolára is betette volt a menyét jó állásokba, nekem mondjuk ilyenben sem segített sosem. Na, de ott tartottunk, hogy árulom a kolbászokat, jön egy nő, vásárol, majd beszélgetésbe elegyedünk. Mondom neki, a volt nejem is itt dolgozott pár évet, a Jadviga, hogy rohadjon meg. Azt mondja, ismerte, neki jó emlékei vannak vele kapcsolatban, pert pici pénzért eladott neki egy használt automata mosógépet.

– Ne baszd! Csak nem azt, amit állítólag anno elloptak tőle?

– De! Szóval hazudozott, és mindig a gyereket tolta maga előtt pajzsként, hogy minél több pénzt kipréseljen a szüleimből. Az ő szüleinek volt egy nagy lakásuk, modernül berendezve Sopronban, ami most egy vagyont ér. Azokat sosem pumpolta.

– Eléggé elfogultak voltak szüleid vele szemben!

– Igen, de azért mondtam én azt korábban, hogy ez romboló volt, mert kihatott a többi gyerekre is – negatívan, persze. Ugyanis a szüleim elsősorban Stefivel szemben voltak ilyen adakozók. Amíg Stefinek névnapjára adtak tízezer forintot (1995-ben), addig a két másik unokájuk kapott egy-egy Muki csokit, az lehetett akkor 20 forint. Annak idején azt mondta apám, hogy Stefi minden műtétet végignéz a tévében, belőle orvos lesz. A lányomból talán majd pedagógus, a kisebbik fiam meg lesz a termőföldek miatt a büdös paraszt. Stefi egyébként úgy irtózik az orvosi beavatkozásoktól, mint én, belőle sosem lett volna orvos. Elkezdte az egyetemen a műszaki informatikát – kibukott. Majd a matematika-fizika szakot – kibukott. Aztán csak a fizika szakot – kibukott. Majd az élelmiszeripari főiskolát (amit Mérnöki Karnak neveztek annak idején), így aztán 25 éves korára már végzett is, addig fizettem a tartásdíjat. Amit itt leírtam, annak megvannak a fénymásolt bizonyítékai.

– Én elhiszem.

– Ja, és lányomból lett orvos, aki egy húzóban végigcsinálta a hat évet, a kisebbik fiam egyelőre nem tanult még tovább, de ha büdös paraszt nem is lett, Budapesten dolgozik és eltartja magát.

– Úgy érzem, emésztenem kell, meg ki is fáradtam. Folytassuk holnap a beszélgetést onnan, hogy közel negyven éves vagy, nincs semmid, nem számíthatsz senkire – én a te helyedben lehet, kerestem volna egy magas fát rövid kötéllel...

***

– Túl egyszerű megoldás lett volna az öngyilkosság. Inkább beültem egy kocsmába, üveges szemmel néztem a sörösüveget és gondolkoztam a hogyan továbbról. Magammal nem foglalkoztam – közel negyven évesen egy ajtóra sem tudtam kiírni a nevem –, viszont nem szerettem volna, hogy a gyerekeim is így járjanak.

– De hát azt mondtad, hogy a feleséged családja jómódú voltak, föld-háttérrel.

– Igen, de az öregek ültek a földeken, nem engedtek abból a feleségemnek még egy virágcserépnyit sem eladni. Apósom, bocsánat, az Atya, többször mondta, hogy ha a gyerekek Amerikában akarnak tanulni, akkor ott a föld, el lehet belőle adni a tanuláshoz. Ez viszont csak szöveg volt, egy maréknyit sem adtak el belőle. A feleségem, vagyis Babuska meg pedagógus volt, az a fajta, aki hála istennek nem tanított (könyvtárosként dolgozott), így nagy kárt nem tudott okozni a felnövekvő nemzedékben. Könyvtárosnak milyen volt? Egyszer kértem, vegye már meg nekem az Érik a gyümölcs című könyvet. Nem sikerült neki: a mezőgazdasági agrár szakkönyvesboltban kereste, ha már érik a gyümölcs, meg a kukorica szárba szökken. Igaz, nem tettem hozzá, hogy Steinbeck. Viszont olyan alacsony volt könyvtárosként a fizetése, hogy a lakás rezsijére alig futotta, illetve futotta télen a tizen-fokos szobahőmérsékletre.

– Akkor, ha valamit adni szerettél volna későbbiekben a gyerekeidnek, hogy ne úgy induljanak el, mint te, akkor azt neked kellett megteremteni.

– Nagyon így nézett ki, de fel volt adva a lecke, mert nekem sem voltak mások, mint a pusztáim.

– Micsodák?

– A puszta seggem meg a puszta tökeim.

– Az nem valami sok.

– Ami kincsem volt, az a két gyerekem, a lányom meg a fiam.

– A legnagyobb fiadat már nem is számolod?

– Nézd, én úgy érzem, hogy amikor másik városban laktam, mint ő – hiszen kárpótlási igény nélkül a saját házmesteri lakásomat otthagytam nekik, én meg bevállaltam a garázsban lakást –, akkor is látogattam. Amikor az anyja lehetővé tette. Amikor a másik két gyermekem megszületett, akkor is próbáltuk áthozni hozzánk hétvégeken a láthatási időpontok idején, de igazán ezek nem működtek. Nem katalizálta pozitív értelemben ezeket a találkákat sem az anyja, sem a szüleim. Így például ha a mai időkben a lányomat megkérdezik, hány testvére van, azt mondja: egy, az Öcsi. Nem is ismernék meg egymást az utcán a féltestvérével, hiszen több mint húsz éve nem találkoztak. Kinek lett ez jó? Majd egyszer mindenki megválaszolja, ha egyáltalán ezt a kérdést bármelyikünk felteszi magának. Rajtam nem múlt, Stefi féltestvérein sem múlt, szerintem a nagyszülők és a fiam anyja generálta ezt a szar helyzetet. De majd elszámolnak magukkal; egyszer mindenkinek kötelező lesz.

– Legyen ez a végszó!

– Rendben. Szóval ott tartottam, hogy én már a fiamnak, Stefinek, ami tellett tőlem, adtam. Fizettem a tanulmányait 25 éves koráig és a válási bírósági végzésben is benne volt, hogy a saját tulajdonú, belvárosi lakásomat mindennemű kárpótlási igény nélkül otthagytam neki. Aztán hogy az anyja ezzel a lakással miként sáfárkodott, elcserélte modernebbre, ami aztán mindkettőjük igényeit kielégítette, az már az ő dolguk volt. Nyilván szerettem volna, ha ennek a két gyerekemnek, akik a harmadik házasságomból születtek, sem csak a „Muki" csoki jut ki osztályrészül, mert az én szüleimtől főleg ilyen értékes ajándékot kaptak. A másik nagyszülőktől általában névnapra, születésnapra vagy öt kilogramm almát vagy körtét kaptak. Na, most egy pár éves gyerek egy rollernek, háromkerekű biciklinek, társasjátéknak jobban örült volna. Ők úgy voltak vele, építettek a lányuknak egy nagy házat, amiben az unokák is fel tudnak nőni, elég ajándék ez, kiegészíteni neves alkalmakkor maximum almával kell. Egyszer mondta is nekem a lányom úgy harmincéves korában, hogy Atya azért ügyes ember lehetett, ha anyának ilyen nagy házat tudott építeni.

– Ebben azért van valami.

– Akkor nem akartam lányomnak beszólni, de azt hiszem, ebben a beszélgetésből születendő könyvben igazat írjunk már.

– És mi az igazság?

– Atya egy érettségi nélküli, magas, de egyik lábára teljesen sánta ember volt, aki a szüleivel élt együtt egy tanyán, minimális (2 hold) földdel. A Nagyi meg 6 elemit végzett marokszedő asszony volt, aki történetesen 146 centire nőtt, de kulák családból származott, sok földdel, nagy házzal. Kompromisszumot kötöttek az életben: a magas, sánta férfi nem felemás cipőben elvette a kulák, Macskajaj című filmbeli „Katicabogarat", és amikor a szüleik kihaltak, az örökségből, ami a Nagyi részéről elég jelentős volt, építettek a lányuknak egy nagy házat. Ezzel aztán a lányukat le is fektették, mert egy életen át csicskáztatták, engem meg a két gyerek megszületése után mint „úri ficsúrt" kiutáltak. Ha belegondolsz, a Kádár-korszakban sem lehetett nagy karriert csinálni iskolai végzettség nélkül, pláne ha osztályidegen voltál, és még a testi adottságaid sem teszik lehetővé, hogy sokat dolgozhass. Kvázi örökségből építettek a lányuknak egy házat, de részükről ebben olyan nagy hozzáadott érték nem volt. Ezt a lányom 30 évesen nem látta át, mint ahogy a későbbiekben elég sok mást sem. Egyébként Atyát a sántasága nem igazán zavarta, sőt mondta is nekem egyszer, hogy azokat a kortársait, akik egészségesek voltak, mindet elvitték a háborúba. Azokat pedig „mind a fene ette meg", ő pedig él. Nem vagyok egy finomkodó alkat, de akik a háborúból nem jöttek haza, azokra én azt mondom „elestek" vagy „hősi halált haltak", de hogy „a fene megette őket"? Hát így is lehet fogalmazni – legalábbis neki!

– Nálad mi volt a kompromisszum, mert végül is te is benősültél. Érdekházasság volt?

– Úgy gondolod, most megfogtál? Tény, hogy olyan kapcsolatot kerestem, akinek van lakása, mert a garázsból már kezdtem kiöregedni. Ez igaz. Viszont abban az időben udvaroltam egy orvosnőnek, aki ráadásul egy bolgárkertész családból származott, úgymond anyagilag sokkal jobb parti lett volna. A szüleim is a sznobság miatt azt pártolták volna jobban, nem mintha az nálam bármit számított volna, hogy ők mit akarnak. Aztán emígy döntöttem, és bármennyire furcsa, megszerettem a harmadik nejemet. Aztán ahogy engedte a dolgok folyását és az én „egyéb" kategóriastátuszom kialakulásához asszisztált, meg is utáltam egy évtized alatt.

– Na, ott tartottunk, hogy a kocsmában üveges szemmel nézted az üveget...

– Igen, és azon gondolkodtam, hogy ha már ebben a nagy házban külön szobájuk van a gyerekeknek, milyen jó lenne, ha lenne külön tévéjük, videójuk, egyéb szórakoztató elektronikájuk, mobiltelefonjuk és a többi.

– Gondolod, hogy a gyerekeknek erre van szükségük?

– Szerintem nem csak az öt kilogramm almára vagy körtére. Természetesen a szeretetre is. Abban sem volt hiányuk részemről. Sokat foglalkoztam velük, szerintem apa annyit nem lógott a gyerekeivel, mint én. A lányommal törzsvendégek voltunk a vidámparkban, a strandon, minden évben mentünk nyaralni – rendszerint belföldre –, és rengeteget röhögtünk. A humor nagy szerepet játszott az életünkben, mind a lányom és a fiam esetében. Igaz, tisztába sosem tettem őket, egyiket sem pelenkáztam be. Ezt meghagytam az anyjuknak. Valakinek pénzt is kellett keresni.

– És sikerült berendezni a szobáikat úgy, ahogy szeretted volna?

– Úgy gondolom, egy szülész-nőgyógyász vagy jól menő maszek fogorvos apának sem sikerült volna jobban! Emlékszem, amikor Öcsi fiamnak 9 éves korában vettem egy olyan mobiltelefont, ami 5 évvel (!) később is csúcsnak számított. A kiszolgáló férfi majdnem leköpött, amikor mondtam neki, hogy a kezelést ne nekem magyarázza, hanem a fiamnak, mert neki veszem.

– Miként volt ez lehetséges, amikor az utolsó forintjaidból egy kocsmában üveges szemmel nézted az üveget?

– Úgy, hogy én lettem az ország egyik legjobb csempésze. Mivel látom, hogy a szemöldököd a csodálkozástól felfutott a homlokodra, pihenjünk egy keveset és folytassuk később.

***

– Csempész?
– Nézd, valami irányba el kellett mozdulnom.
– Csempész?

– Meséltem neked, hogy korábban, amikor Szolnokon laktam, dolgoztam, mint üzemvezető-helyettes, pluszban tanítottam, éjszakánként meg brazil szalonnát csomagoltam GMK-ban. Mégsem jutottam előrébb. Szülői segítség nélkül lakást venni a Kádár-korszakban sem tudtál, meg most sem, amikor egy garzont kapsz harminc milláért, és a fizetésed meg jó, ha háromszázezer. A szülők rólam meg már csecsemő koromban lemondtak, segítséget tőlük, mint ahogyan az később is látszott, csak ex-nejem és Stefi kapott. Albérleti díj mellett spórold össze a fizetésedből a garzonodat. Felmértem, hogy legálisan kidolgozhatom a belem is, akkor sem tudok a gyerekeimnek az élet hardvere részéből sokat adni, nekem meg állandóan alkalmazkodnom kell, mint „egyébnek" a magasan kvalifikált anyósomhoz. Persze lehet szeretni a gyerekeidet anyagiak nélkül is, mert nemcsak kenyérrel él az ember, de azért az is kell az élethez!

– Csempész?

– Mi az, megakadt a lemez? Igen. Csempész. Mint mondottam, korábban szárazárut vettem termelői üzemektől és némi árréssel helyszínre, szállítottam, ahol igényelték. Persze ahogyan a régi öregek mondták, és mint említettem volt, ettől sem lehetett vastagot szarni. Valami nagyobb dobásra lett volna szükségem. Ráadásul a rendszerváltással az élelmiszeripari vállalatok Magyarországon tönkrementek – szándékosan, hogy privatizálhassák vagy bezárják őket. Baromfivágóhidak, húsüzemek tűntek el, én meg ilyen ipari ágazatos technológus voltam. Munkahely sem volt igazán a szakmámban. Elég nagy szarban voltam. Folyamatosan pályáztam jobb állásokra, de nem vettek fel: megvolt már rá az ember. Aztán találkoztam egy haverommal, aki mondta, hogy van egy barátja Olaszországban, aki egy étteremben dolgozik. Oda kellene például minőségi libamáj. Mondtam a haveromnak, hogy én az orosz száraztészta-üzleten is teljesen elvéreztem.

– Abba, ahogy mondtad, az anyósod miatt buktál bele, mert visszaküldte a szerződéseid a feladónak.

– Igaz, jól emlékszel, így aztán vettem 30 kilogramm libamájat, másodosztályút, lefagyasztottam, beraktam hűtőtáskába és elindultam vele a 120 L-es piros Skodámmal. Annak a hátsó üléseit előre lehetett hajtani, és mögötte elfért akár két nagy táska temperált húsáru. A határ előtt még kapott újabb jégkását, aztán Udinéban kitettem a vendéglőben. Átnézték alaposan, csináltak próbasütést, másnap már felszolgálták a vendégeknek horror áron. Napokig maradtam én is. Aztán kifizették, körülbelül annyit, mint itthon egyhavi fizetésem. Számoltam a beszerzési árat, üzemanyagköltséget, nagyon sok pénzem maradt rajta. Azt mondták, hetente kellene negyven kilogramm, de csak ha ilyen a minőség.

– Te voltál innentől kezdve a szállító?

– Igen. Sajnos viszont hosszú volt így nagyon az út. Bár már dízeles kocsival folytattam a kereskedelmet, akkor még lehetett fűtőolajat is tankolni bele pici pénzért, de az út akkor is nagyon hosszú volt. Közelebb kellett húzódnom a határhoz, ott két tanyára helyeztem ki napos libákat, úgymond tömő alapanyagot.

– Régebben a barátnőidet hívtad így.

– Most én mondom, hogy pihenjünk...

***

– Igen, egyre jobban beindult az üzlet. Mivel nem Atya és Babuska territóriumán folytak az ügyletek, így dübörgött a kereskedelem. Fiorininek szállítottam a libamájat, Robertótól hoztam a francia pezsgőt a magyar sznoboknak. A gyerekeim külön szobáiba kezdtek bekerülni a színes TV-k, számítógépek stb.

– Azért fárasztó lehetett...

– Az volt, de egy hülye főnök alatt dolgozni minimálbérért is fárasztó. Aztán eljött a nagy beszélgetés.

– Na, talán most is beütött a mennykő?

– Nem, ellenkezőleg: kihívtak az olaszok, és kérték, hogy vigyek ki egy szinkrontolmácsot, ami meg is valósult egy bölcsészlány személyében.

– Megdugtad?

– Nem. Majd közölték, hogy amint gazdaságot sem lehet úgy építeni azzal, hogy a lengyelek a piacon törölközőt árulnak, ét-

76

terem étlapján szerepeltetni a libamájat bizonytalan háttérrel, ami élelmiszerbiztonsági szempontból is megkérdőjelezhető, nem lehet.

– Ez csak úgy tűnik, hogy felmondtak.

– Akkor nem kellett volna tolmácsot vinni, mert ehhez elég lett volna a jobb középső ujjának bemutatása. Voltak ott többen, egy idős úr is, akiről kiderült, hogy E. von Fürstenfeld herceg, akinek van némi tőkéje... Megkértek, hogy Magyarországon építsek egy liba-vágóhidat, amivel teljesen szabályosan el lehet látni az éttermeiket, a mell és comb pedig menjen közös piaci exportra.

– Nem volt ez neked nagy falat?

– Nézd, volt építészcsapat, akik akkoriban pl. templomot építettek Csehországban, volt egy dörzsölt szakgéptanosunk, gépészmérnök, és én voltam a technológus mérnök, akinek viszont az egész csapatot össze kellett fogni, koordinálni, és nagyjából tartani a határidőket. Természetesen szabályos munkaszerződést kaptam tőlük, fizetést havi utalással. Nyilván nem lehet ezt egy mondatban összefoglalni, de a vágóhíd némi időelcsúszással (a szakhatóságoknak köszönhetően) elkészült, engem az olaszok szentté avattak az olajfák hegyén, az éttermeikbe folyamatosan ment a kiszállítás, a gyermekeim szobái megteltek szórakoztatóelektronikával – a legmodernebbekkel!

– Gondolom, nemsokára vége lett az idillnek, hiszen elkészült a nagy mű.

– Még egy évig tartott, mert Udinéba és Palmanovába is kellett üzemet építeni, de ez már nagyon operatív irányításom alatt állt, nem szükségeltetett az aktív jelenlét folyamatosan, de a pénz azért jött tisztességesen.

– Gondolom, gyerekeknek is jutott belőle.

– Igen, kiegészítettem az öt kilogramm almájukat némi játékkal. Viszont kezdett ellaposodni az egész. Egészen addig, amíg Matyi barátom nem jelentkezett.

– Ki az a Matyi?

– Aki ezt az egész üzletet összehozta nekem, akit korábban említettem, hogy egy észak-olasz étteremben dolgozott, és kellett oda libamáj.

– Ja, igen.

– Ő már nem dolgozott ott, vett egy nagy teherautót és szállított, de hogy mit, azt ne kérdezd. Nem az északiakkal paktált le, hanem a szicíliaiakkal. Egy ottani családdal ápolta a viszonyt, én meg az északiakkal. Palermóba szállított, de mindenki megmaradt, amihez értett, mint suszter a kaptafánál. A palermóiak is étteremben utaztak, éttermi maffia volt.

Majd Matyi elmondta nekik, hogy van egy Lui (engem így hívtak az olaszok), aki vágóhidakat épít egy csapattal, bevezette a száraz koppasztást, hogy a pehelytoll is hasznosítható legyen, sőt még egy melléktermék-feldolgozót is megtervezett (kutyaeledel, sertéshizlalás stb.), amit a kitűnő Ottó barátjával lektoráltatott. Tudod, ő volt az, aki egyedül feljöhetett a szüleim lakásába. Majd könnyen kitalálhatod a következő lépést: a palermóiaknak kellett építeni egy vágóhidat, melléktermék-feldolgozóval. Ez már annyira egyszerűen ment és az ottani szakhatóságok annyira vállalkozóbarátok (pláne Szicíliában), hogy nagyon gyorsan elkészült. Dübörgött az üzlet. Aztán jött egy borzasztó esemény. Felgyújtotta valaki a palermói üzemet: begyújtották a paraffinozó kádat, az meg úgy hömpölygött végig kifelé az üzemből, mint a láva. Matyit meg megölték.

– Micsoda?

– Matyi annyi idős volt, mint én, egy évben születtünk. Kereskedő volt, de szerintem sosem üzletelt droggal. Viszont nem volt az a hűséges alkat, mindenkivel üzletelt, akinek profitszaga volt.

– Miért, te nem ilyen vagy?

– Talán egy picit diplomatikusabb. Csak egy kicsit! Matyi mindig egy hatalmas sporttáskával járt, ami tele volt papírpénzzel. Főleg német márkával és olasz lírával, de úgy a mai értékrend szerint ebben lehetett százmillió forintos nagyságrendben.

– Annyit én mint tanár még összesen nem kerestem.

– De élsz.

– Néha sajnálom.

– Szóval Matyi úgy halt meg a rendőrségi jelentés vagy vizsgálat szerint, hogy részegen a teherautójával fának hajtott és kirepült a szélvédőn, mert nem volt bekötve. Na, most Matyiról

78

annyit kell tudni, hogy sosem ivott, ha vezetett, nem volt egy Stohl Buci típus, aki csak akkor iszik, ha kocsival van. Másrészt, mindig bekötötte magát a kocsiban. Szerintem kinyírták előtte, és megrendezték, hogy nekimenjen bekötetlenül egy fának. Szegeden, a belvárosi temetőben nyugszik Gubolya É. mellett.

– Nem néztél te túl sok krimit?

– Ez így történhetett, és a kocsi hátsó ülésén ott volt a mai értéknek közel megfelelően 80 millió forintnyi deviza, amit senki nem lopott el, majd az olasz rendőrség lefoglalta. Amúgy sem erőltette meg magát az olasz rendőrség, ha egy autóbaleseti halálhoz riasztották, különösen, ha az áldozat külföldi állampolgár volt, és olyan kétes egzisztenciájú.

– Mi történt ezután?

– Talán a beszélgetésünk leghihetetlenebb része fog következni, de nem kezdtem volna bele a beszélgetésbe, ha nem lenne igaz.

– Kíváncsian várom!

– Elmentem az északiakhoz és megkérdeztem, hogy mi volt ez az egész.

– Milyen nyelven folyt a kommunikáció? Gondolom, a szinkrontolmács csaj nem volt veled.

– Látom, te a részletekben szeretsz elveszni. Angol-olasz keverék nyelven, de leginkább is testbeszéddel. Mondtam nekik, hogy visszamegyek Magyarországra, de ennyivel nem ússzák meg. Még aznap éjszaka megtámadott a szállásomon egy késes olasz, de lelőttem.

– Na, úgy hiszem, most kell hosszabb szünetet tartanunk a beszélgetésünkben, ahogyan a tévében a legizgalmasabb résznél jön a reklám.

***

– Úgy érted, hogy te megöltél valakit?
– Úgy.
– Lelőtted egy embertársadat?

- Igen, egy embertársamat, aki meg akart ölni.
- De hiszen csak kés volt nála.
- Nem hiszem, hogy éjszaka azért jött be hozzám, hogy segítsen krumplit pucolni.
- De te kioltottál egy emberi életet!
- Egy olyanét, aki az enyémet akarta kioltani.
- Most olyan kérdés jön, ami valószínűleg nem állná meg a helyét más fórumon, de milyen érzés volt?
- Nem fogod elhinni.
- De igen, ha elmondod.
- Éjjel volt, Matyi miatt nem tudtam aludni, az íróasztalnál ülve bort ittam. Olasz, édes bort. Éppen azon gondolkodtam, hogy milyen sokat ültem itt az íróasztalnál, tervezve a kurva vágóhidakat.
- És?
- Teljesen hangtalanul, mintha kulccsal jött volna be, ott termett előttem egy nagydarab, szikár olasz, genovai rugóskéssel a kezében.
- Honnan tudtad, hogy genovai?
- Van egy mester, aki gyárt ott ilyen késeket, jellegzetes a markolata és igen hosszú a pengéje, aminek az első része kétélű.
- Ennyi időd volt megfigyelni?
- Nemcsak erre volt időm. Amint fenyegetően eltorzult arccal felém lépett, hogy szúrjon, láttam Babuskát, a feleségemet, aki rántást készít a konyhában. Láttam Öcsi fiamat, aki a Play Station-nel játszik. Láttam lányomat, aki a kis szobájában valamit tanul. Közben kihúztam az íróasztalfiókomat, kivettem a csőre töltött, hangtompítós pisztolyomat és lelőttem a mellkasára leadott két lövéssel. Semmit nem éreztem. Teljesen higgadt voltam. Nem reszkettem. Úgy hagytam mindent, beültem a kocsiba és hazajöttem Magyarországra. Közben felhívtam a szicíliaikat és elmondtam nekik, mi történt, hiszen övék volt az az ingatlan, amiben laktam és ahol megtámadott az olasz. Nem is válaszoltak a telefonban, de végig hallgattak.
- És?
- Senki nem kérdezett tőlem semmit erről később Olaszországban sem, és Magyarországon sem. Ennek 26 éve. Gondolom,

az olasz családom eltakarította a szemetet. Mint mondtam, az olaszok nem nagyon keresnek senkit, pláne ha bejelentés nem érkezik. Az ilyen kisstílű bérgyilkost meg senki sem keresi és nem is hiányolja. Tudod hány ember tűnik el nyomtalanul Magyarországon is? Gondolj csak a valamikori Csellengők című tévéműsorra!

– Semmi következmény?

– Az esemény után 12 évvel meg akartak ölni három alkalommal is Magyarországon, de ez majd egy későbbi történet.

– Folytassuk mi egyáltalán tovább ezt a beszélgetést, vagy hagyjuk abba és felejtsük el?!

– Ha már belekezdtünk, Kismatos? Ha már fogadtál, tartsd a tétet!

– Mi történt azután? Ne haragudj, de értelmesebb kérdéseket nem tudok már az utóbbi időben feltenni.

– Magyarországon vártam. Telt az idő. Nem dolgoztam, de voltak komoly anyagi tartalékaim. Majd kiírtak egy pályázatot az egyetemen beszerzési osztályvezetői állásra. Gondoltam, beszerzés? Abban azért van tapasztalatom. Megpályáztam. Háromkörös elbeszélgetés, és felvettek.

– Téged?

– Nézd, technológus mérnök voltam, közben elkezdtem a külker főiskolán Budapesten egy közgazdász stúdiumot. 26 évet dolgoztam az egyetemen, ez alatt szereztem egy egyetemi, három főiskolai diplomát, és sok más felsőfokú, egyetemi továbbképzésen vettem részt.

– Mint gyilkos?

– Nem, mint önvédelemből az életét mentett családapa!

– Ahogy szoktad mondani: „így is mondhassuk, csak így hasogassa a nyelvünket".

– Igen, látom ezt korábbi kapcsolatunkból megjegyezted.

– Teljesen 180 fokos fordulat következett be nálad az egyetemi munka évei alatt? Az olaszok elmentek, te pedig csak az egyetemi infrastruktúra kialakításával foglalkoztál, biztosítva ezzel az oktatást, gyógyítást, kutatást az intézménynél?

– Nem, egyáltalán nem. Az északiakkal befejeztem érthető módon a kapcsolatot, a déliekkel, hogy így mondjam, a mai napig megmaradt. Rengeteg járnak Magyarországra, lassan már, ha törve is, de magyarul kommunikálunk, úgy belejöttek a nyelvünkbe. Én 28 év alatt beépültem a Családjukba mint tanácsadó, mint „consigliere"; sok üzletet, jó prosperálót szereztem nekik itt hazánkban, amit nyilván honoráltak, de már teljesen úgy mint családtagnak. Akikkel kapcsolatban voltam családfő(k), lassan megöregedtek, akik a nyomukba léptek, azok is elfogadtak. Maradtunk az étteremnél, élelmiszernél, ezekkel kapcsolatos kereskedelemnél, vettek földeket neves borvidékeinken, borpincéket, én szállítok nekik jó minőségű borokat az éttermeikbe, elvagyunk. Vettem Palermo tartományban, Cefaluban egy ingatlant, nem panaszkodom.

– Akkor neked bejött Amerika helyett Olaszország.

– Igen, nekik meg bejöttem én!

– Most engedd meg, hogy egy kicsit magamhoz ragadjam a szót. Te csecsemőkorodban kikerültél nevelő nagyszülőkhöz, majd kisgyerekkorodban beszippantott a bűnözés, sok betörésben vettél részt, aztán jött a deviáns tizenéves korszakod, otthagytad az egyetemet, jött Olaszország, jött az „önvédelem", aztán vissza az egyetemre, de már nem mint hallgató, hanem vezetői beosztásban, mindamellett azért mennek a zárjegy nélküli borok az olaszoknak, miközben az egyetemen a törvényi előírásoknak megfelelően kell a munkád végezni. Nem érzed, hogy kettős személyiséged van?

– Ismerem a fogalmat, de azt én nem tudom megállapítani, hogy az vagyok-e. Volt olyan pszichiáter, aki azt mondta a katonaságnál, hogy borderline vagyok, civil pszichológus megcáfolta ezt. Ők sem tudnak biztosan állítani valamit, akkor én miként tudnék? Azt tudom, hogy a gyerekkori tevékenységemmel sosem hagytam fel, de kiszolgáltatott, szerencsétlen embert sosem károsítottam meg, azokon inkább segítettem.

– Ezt úgy értsem, hogy a gyerekkori betöréseidet valamikor is folytattad?

– Igen, követtem el betöréseket huszonéves koromban, de negyvenben is, az utolsó nagyobb behatolásom 62 éves koromban volt.

– Úristen!

– Na, azért őt ne keverjük bele. Az életem során nagyon sok maffiózót megismertem. Kisstílűeket, meg nagyobb formátumúakat. Sokan közülük be is tartottak nekem, ezeknek rendszerint úgy tettem be, hogy betörtem hozzájuk, és amit tudtam, kirámoltam tőlük. Soha nem vettem el magánszemélytől semmit – mint mondtam, az ilyen rászorulóknak inkább adtam.

– Ez most mit jelent? Ha valaki beleszart az üzletedbe, ahhoz betörtél és próbáltad csökkenteni a veszteségeidet illetve figyelmeztetni, hogy ő sem sérthetetlen?

– Csak a mondatod második része az igaz. Vagyis figyelmeztettem, hogy ő sem úszhat meg mindent, de abból, amit elvettem tőle, tőlük, soha nem tartottam meg egy fillért sem magamnak.

– Ezek szerint te egy modernkori Robin Hood vagy?

– Nem kell ironizálni. A pénz egy neutrális dolog. Lehet valakit kizsákmányolni vele, lehet valakin segíteni. Lehet „piszkos" a te nomenklatúrád szerint. De egy ilyen piszkos pénzből is lehet tüzelőt venni annak, aki fázik, vagy valakit egy pénzes műtéthez hozzásegíteni, akinek az élete múlhat rajta.

– Mindig egyedül törtél be, bár gyerekkorodban is ez egy teammunka volt?

– Egyetlenegyszer fordult elő, hogy bevontam külsőst. Emlékszem, volt két csecsen munkásom.

– Egyetemi dolgozók voltak?

– Lehet poénkodnod, de természetesen nem. Mint már említettem, kereskedtem általában élelmiszeripari termékekkel Olaszországba. Volt, hogy az oroszoktól vettem nagy tételben kaviárt, és csak két könnyű kezű csecsen tudta igazán kis kiszerelésekbe kicsomagolni, hogy a kaviárszemcsék ne törődjenek meg. Így aztán lettek ukrán, csecsen kapcsolataim is. Nem csak kaviárkicsomagolással lehetett őket megbízni. Egyszer egy illegális dohánykereskedő nagyon betett nekem. Tudtam, hogy melyik garázssoron tárolja a portékát, szóltam a csecseneknek, rámolják ki és hozzák el a szajrét. De rossz garázsszámot adtam meg nekik, így a mellette lévőt törték fel, ami üres volt. Így leakasztották a két garázsajtót és elhozták bizonyításképp, hogy ők a munkát elvégezték, de üres volt. Kifizettem őket és mondtam nekik, tüntessék el a garázsajtókat. Gondolom, a biztosító csak fizetett a tulajnak, ha meg nem volt neki, innen üzenem, hogy bocsánat.

– Máskor nem is fordult elő, hogy ártatlan volt az áldozat?

– Egyszer, Kecskeméten. Egy ottani üzletfél kipécézett magának, gondoltam, megleckéztetem. Bementem hozzá, és elhoztam tőle egy komolyabb összeget. Majd kiderült másnap, hogy a mellette lévő lakásba mentem be. Két nap múlva visszavittem a pénzt és betettem ugyanabba a fiókba, ahonnan kivettem. Gondold el azért… nem tudtam, a lakásban rendőrök vannak-e már, mert észrevették és jelentették a pénz eltűnését, de bementem, visszavittem és megúsztam.

– Ilyen profi voltál?

– Egyáltalán nem voltam az; riasztórendszerhez sosem értettem, csak a hagyományos bejutáshoz, ami nem volt elektronikusan védett.

– Hozzád sosem mentek be?

– De igen, három alkalommal összesen. Vittek is… Azóta viszont profi kamerarendszerrel, riasztóval védem még a kutyaházam is.

– Kicsit később folytassuk, mert azt már megtanultam, mi a különbség a kurva és a ribanc között, de a jó célt szolgáló és sima betörés közti fogalmakat még emésztenem kell, majd folytassuk, ha eljön a holnap az egyetemi éveiddel, mármint az ottani tevékenységeddel.

***

– Egyetemi évek? Huszonhat évet dolgoztam ott, persze amellett az olasz üzletek mentek. Mindennel foglalkoztam, ami pénzt hoz. Például volt lángossütőm a helyi piacon. Az különösen akkor hozott nagy pénzt, amikor razzia volt és a cigányok a csempészett cigerettát, zárjegy nélküli piát oda dugták el a hatóság elől. Az egyetemi dolgozóknak is tetszett a lángossütőm:

délben, ebédidőben kimentem, megcsináltam a kasszát, a kolleganőknek meg hoztam ingyen lángost extra feltéttel, sosem kellett kifizetniük.

Majd egyszer lehívatott a főtitkár főnököm, aki jogász volt, később tanszékvezető, majd jogi dékán, és mélyet szívva a cigarettájába azt mondta: „Ervin, vagy a lángossütőt csinálod, vagy itt dolgozol, a kettő nem megy. A vén kurvák kikezdtek, lejöttek hozzám panaszkodni, hogy büdös olajszagod van. Tudom, hogy eteted őket, de ilyenek az emberek, legalábbis ezek..." Bezártam a sütödét.

– Az emberek mindenütt egyformák?

– Nem, csak mindenhova jut szarházi, ide is jutott szép számmal, ahogy később majd látni fogod.

– A tudomány fellegvárába?

– Igen, ide is, csak az alattomosokból, nem a „face to face" típusból; az legalább Olaszországban megvolt. Ott legalább rád küldtek valakit, de általában előtte figyelmeztettek, hogy ne csináld, mert a halakkal fogsz aludni. Itt viszont az arcnélküliség, a besúgás, a névtelen feljelentgetés volt a tipikus.

– Csak azt tudom kérdezni ismét, hogy a tudomány fellegvárában is hasonló volt a helyzet, mint az országunk más területein?

– Rosszabb. Mert ugye a vállalkozószférának van egy tulajdonosa, aki azért odafigyel a gazdálkodásra, különben csődbe megy. Odafigyel, hogy az alkalmazottai ne lopják meg, ha pedig ilyet tapasztal, azzal könyörtelenül elszámol. Na, most itt másképp van, mármint egy egyetemnél. Állami költségvetésből gazdálkodik, kapja állam bácsitól a pénzt, mikor melyik minisztériumhoz tartozik éppen, nyomják a pénzt az adófizetők, kapja az európai uniós és egyéb pályázati pénzeket, vagyis van mit lenyúlni. Ja, és ha túlköltekezett, akkor sem számolják fel, mint egy vállalkozást, hanem konszolidálják az adófizetők pénzéből. Vagy láttál már olyan klinikát, amit bezártak, mert pár milliárddal túllőtt a célon és lejárt határidejű beszállítói tartozásai vannak? Vagy bölcsészkart, ahol nem oktatnak tovább? Olyan mérnöki kart, ahol nem kutatnak?

– Akkor jó helyre kerültél mint beszerzési vezető?!

– Értem, mire célzol. Schwarzeneggernek, amikor Kalifornia kormányzójává jelöltette magát, a legfőbb érve, hogy rá szavazzanak, az volt, hogy neki már van annyi pénze, hogy nincs szüksége arra, hogy lopjon. Nekem ekkor már – és a mai napig – úgy ment, megy az „olasz meló", hogy nem volt érdekemben az egyetemet meglopni. Bár nem akartam magam egy kormányzóhoz hasonlítani. Van az életnek egy ide vágó alapvicce.

– Halljam!

– Hazamegy a férj a feleségéhez, és elkezdi vadul csókolgatni. „Drágám, ezt azért csinálom, hogy lásd, mennyire kívánlak." Majd átad az asszonyának egy gyönyörű briliánsgyűrűt. „Drágám, ezt azért adom neked, hogy lásd, mennyire becsüllek." Majd félrefordul egy kicsit és kiveri a farkát. „Drágám, ezt azért csináltam, hogy lásd, mennyire nem vagyok rád szorulva."

Szóval nem voltam az egyetem meglopására rászorulva... Nem mondom, hogy nem kaptam neves napokon (névnapomon), ünnepeken egy-egy értékesebb italt vagy valami olvasnivalót, de nem követtem el költségvetési csalást, hűtlen kezelést, túlárazásokat és sorolhatnám még azokat a korrupciós eseteket, amivel vezető beosztású emberek éltek.

– Mégis milyen volt ez a 26 év?

– Szerintem 3 nagy részre osztható úgy az időben, és ahogy haladunk benne előre lineárisan, a moralitás is csökken benne, majd már nyomokban sem lehet felfedezni, de hogy ez egy tudományos intézmény lenne, azt már a legjobb szándékkal sem lehet ráfogni. Kétségkívül vannak koponyák az intézetekben, a tanszékeken, de a gazdasági vezetés az olyan, hogy ha sírni akarok, akkor rá gondolok, de ha röhögni akarok, akkor is arra gondolok... Szóval pályázat útján kerültem az egyetemre beszerzési osztályvezetőnek, majd főosztályvezető lettem, irodavezetőként mentem nyugdíjba. Ezek a fogalmak ugyanazt fedték: az egyetem szolgáltatás- és eszközbeszerzését irányítottam. Mint mondtam, nem felülről tettek be, több körös pályázat útján kerültem oda, viszont ma már nem ez a módi ott: a főnök kinevez valakit, aki szimpatikus neki. Vagy ha már nagyon kilóg a ló lába, kiírnak állás pályázatot, de a feltételeket arra szabják, aki az ő emberük.

– Ez azért nem jellemző. A közszférában nem így működnek a dolgok, a vállalkozói szférában meg pláne nem.

– Nem is ez a lényeg. Az első harmadidőszak normálisan telt.

Volt egy közvetlen főnököm egy főtitkár személyében, aki egyébként jogász volt, aztán le is adta ezt a titulust, mert tanszékvezető lett, majd jogi dékán, majd helyettes államtitkár. Meg is érdemelte. Az a tipikus korrekt, okos ember, aki hagy dolgozni, nem vesz el a részletekben, természetesen számon kér, de feleslegesen nem csesztet. Az ő nevéhez fűződik a „liftbeszéd" fogalma.

– Az mi?

– Amikor mentünk fel vele a második emeletre lifttel, azt mondta, ha ennyi idő alatt, amíg felérünk, el tudom mondani a lényeget, akkor az oké, ha nem, akkor jobb, ha titokban marad. Jó évek voltak. Aztán jött a felsőoktatási integráció, mint korábban említettem, főnököm a tudomány szolgálatába állt, hozzánk meg kineveztek egy új gazdasági főigazgatót.

– Az új seprő jól sepert?

– Egy magas, szikár, nagyon értelmes ember volt (sajnos nemrég halt meg). Négygyermekes családapa, azok közül két ikerfiú. Borzasztóan pörgött az agya, ez a beszédén is látszott, mert nagyon hadart. Sosem láttam előtte olyan embert, akinek ilyen jó lett volna a humora és a kommunikációs készsége.

– Jól kijöttetek?

– Mivel nagyon értelmes volt és humoros, azt hiszem, nagyon jól elvoltunk egymással, kivéve egy alkalmat, ami viszont nagyon komolyra sikeredett. Történt egyszer, hogy az egyetemi könyvtárat kellett felszerelni számítógépekkel, egyéb, az informatika tárgykörébe tartozó eszközökkel. Én kértem be hozzá az árajánlatokat hat cégtől. A versenytársak ajánlatai körülbelül egy-két millió forinttal szórtak egymáshoz képest, egy cég volt, aki ugyanarra a termékkörre a többiekhez képest 35 millió forinttal drágább ajánlatot tett. A főigazgató pedig azt mondta, a legdrágább cégtől rendeljem meg. Én megtagadtam ezt. Aztán újból utasított, én meg ismételten megtagadtam. Ez az árkülönbözet 2004-ben volt!

– Mi lett a vége?

– A kollégámmal megíratta a megrendelést, és végül megrendelte a 35 millió forinttal drágább szállítótól.

– Veled mi lett?

– Nekem azt mondta, hogy menjek el máshová dolgozni, vagy más beosztásba, mert ellenkező esetben úgyis el fogja érni, hogy felmondjak.

– Azért akkor csak nem volt olyan korrekt ember.

– Nézd, a szállító nagy pénzt osztott vissza neki, vagyis érthető volt a viselkedése velem szemben, aki ebbe beletenyerelt. Ahogy mondani szokták: ez üzlet volt, nem személyes ügy.

– Kíváncsi lennék a *hogyan tovább*ra.

– Volt az egyetemen egy pályázati kiírás kollégiumi igazgató állásra az orvoskaron. Megvolt már addigra a pedagógus végzettségem is mint mérnök tanár, szakközgazdász is voltam többek közt, megpályáztam. Szintén több körös elbeszélgetés, majd postán kaptam egy levelet az egyetemtől, hogy nem rám esett a választás, de sok sikert kívánnak az életem további részében. Aztán az orvoskari dékán, akit gyerekkorom óta ismertem, megmondta, hogy a főigazgató szólt rájuk, hogy ne engem válasszanak. Aztán hamarosan hívatott a közvetlen főnököm és közölte: mivel nem sikerült a kollégiumi állásom, más szabad munkahely az egyetemen belül nincs és a közeljövőben nem is lesz, pakoljak és húzzak el innen.

– Azért ez nem semmi a tudomány fellegvárában.

– Ami következett, az sem volt semmi. Mondtam főnökömnek, hogy a főigazgatónak úgy maradnak csak ikrei, ha az egyiket a tükör elé állítja és akkor kettőt fog látni, de most szépen elindulok, és az egyiket lelövöm.

– Komolyan ezt mondtad?

– Nem csak komolyan mondtam, hanem gondoltam is. Szerintem az embereknek szemük előtt kellene tartaniuk az általuk előidézett tettük által kiérdemelt sorsukat.

– Vagyis ha valakinek egy főnök felmond, akkor annak le kell lőni a gyerekét?

– Nem akarsz megérteni? Mondok egy példát. Volt Szegeden egy nagyon híres cukrászcsalád. Majd egyszer bemondta a TV, meg valamennyi média lehozta, hogy betörtek hozzájuk és álmukban lelőtték a cukrászt, a feleségét, és a két kiskorú, ártatlan gyermeket. Biztos vagyok benne, hogy nem azért számoltak le a családdal, mert nem tett elég porcukrot az almás pitére. Vagyis benne volt valamiben, olyasvalamiben, ahol más törvények uralkodnak. Na már most, ha valaki ilyen játékba kezd, annak számolni kell a piaci szereplőkkel, hogy azok nem író-olvasókör találkozókra szoktak járni, morálisan nem finoman cizellált emberek. Tehát ha azoknak beteszel, számítani kell olyan ellenreakcióra a részükről, ami egy normális ember számára elfogadhatatlan. Az is igaz, hogy normális ember nem is keresi az olyan emberek társaságát. Szerintem az életben ki kell titrálni, hogy kinél meddig mehetsz el. Az olasz maffia – már az, amelyik annak tartja magát és valóban az is – sosem bántja a családot. Ha valakivel baja van, azzal leszámol, de a családját békén hagyja. Az oroszok viszont rögtön a családot támadják, vagyis mindig azon állnak bosszút, akit a legjobban szeretsz.

– Értem már, hogy miért az olaszokkal üzletelsz.

– Üzletelek én oroszokkal is, csak tudom, hol a határ, és azt nem lépem át. De ha belegondolsz, van egy főigazgató, aki mint intézményvezető költi az adófizetők pénzét is. Majd herdálja, majd minden törvényi keretet felrúgva azt, lenyúlja. Mindezt úgy akarja csinálni, hogy veled, mint felelős vezetővel rendelteti meg a portékát, a visszaosztást ő vágja zsebre, és amikor ez mellett nem asszisztálsz, akkor ki akar rúgni. Vagyis a tehenek itt legelnek, ott tejelnek. Van, akivel ezt meg lehet csinálni, engem viszont másképp neveltek fel a cigányok…

– Mi lett a végeredmény?

– Nem folyt vér, ha erre vagy kíváncsi. Elindult a forró drót, megkapta a telefont, hogy beindult a vendetta. A járőrszolgálat kiment az óvodába, ahova gyerekei jártak, párhuzamosan a lakására is védeni, mindeközben felhívott mobilon a kocsimban, hogy találkozzunk, beszéljünk a városban egy általa megadott helyen.

– És te odamentél? Nem féltél, hogy a rendőrök fognak várni és lekapcsolnak fegyverestől?

– Gondoltam, hogy ennyire talán már leinformált és megismert. Mit ért volna el vele? Lecsukat? Onnan is kijövök egyszer. Az Isten sem mentette volna meg a csecsen testőreimtől, akik pénzért mindent elvállalnak. Nekem meg akkorra már elég sok pénzem volt.

– Na, elég az öntömjénezésből! Miként alakult a további kapcsolatotok?

– Jól. Persze a visszaosztásból nem adott, de ha felajánlotta volna, akkor sem fogadtam volna el. Tudod: csikkel nem dohányzom. Eldumáltunk bor mellett az életünkről. Ő valamikor a gabonaipar vezérigazgatója volt, én is meséltem neki a húsipar rejtelmeiről. Azt hiszem, megkedvelt, és ezt nem játszotta meg. Nem az a megjátszós fajta volt. Később minden nőnapi bulit vagy egyéb rendezvény pohárköszöntőjét úgy kezdte, hogy reméli, nem akarok már kollégiumi igazgató lenni és maradjak itt, mert én vagyok a legjobb főosztályvezetője. Aztán két ciklus után leváltották, más nyerte el a főigazgatói megbízást.

– Engem viszont az érdekelne jobban, hogy miként alakult a családoddal a helyzeted.

– Jó, de pihenjünk egy keveset.

***

– A család hozta a szokásos formáját. Stefi és Jadviga volt a fő menü, a szüleim pedig erőn felül támogatták őket, már a nyugdíjukból. Ezt viszont úgy értsd, hogy olyan volt a lakásuk, mint egy alulfizetett segédmunkásé. 40 éves börtönbútorok, az orosz, negyven éves hűtőszekrény (de rohadjak meg, ha nem mondok igazat). Mert minden pénz az unokájukba és a volt menyükbe ment. Volt, hogy a postás hozta apámnak a nyugdíjat, és amikor az előszobába lépett, elnézést kért, mert azt hitte, rossz helyre csöngetett. Mert a nyugdíjának nagysága nem állt arányban azzal az a lakásképpel, ami fogadta a postást. Úgyhogy vettem nekik mind a három szobájukba új bútorokat, porszívót, hűtőt, fagyasztót, mindenből a legmodernebbet.

– Nem mondod, hogy felszerelted szüleid lakását, az előzményeket ismerve?

– Igen, így tettem. Viszont ez sem sült el jól. Irigykedtek inkább, mintsem örültek volna neki. Ők úgy gondolták orvos – gyógyszerész házaspárként, hogy nekem, a négydiplomás csavargónak, nem lehetne ekkora vagyonom. (Mert ne feledd, nekem ekkorra már Palermo tartományban saját ingatlanom volt, tisztességes bankszámlával). Ekkor már világossá vált, hogy abszolút nem szeretnek. Bosszantotta őket, hogy nekem jól megy anyagilag. Hallomásból eljutott hozzájuk, hogy én kereskedem sok céggel, ami az ő végzettségüktől nagyon távol állt, ezért maximálisan elítélték. Nem mondom, hogy az én üzleteim tiszták voltak (persze attól függ, milyen aspektusból nézzük), de ahogy Eric Knight mondta Légy hű magadhoz című könyvében: „Adj tisztességes körülményeket, és úgy fogok élni. Adj szerencsétlen körülményeket, és olyanokra leszek képes, hogy még magamon is elcsodálkozom". A szüleimnek a tisztességes hozzám való viszonyulásáról pedig no comment.

– Hol laktál, ha már ilyen jól ment? Gondolom, nem garázsokban.

– Nem, albérletekben, meg gyakran – dacára a magas utálkozási koafficiensnek – a szülőknél is megfordultam.

– Miért nem hagytad már őket lógva?

– Nem tudom magamnak sem megmagyarázni rendesen. Miután a volt nejem, az „egyeske" is megtudta, hogy nem megy rosszul nekem, ráhajtott a szülők lakására. Na, én ezzel úgy voltam, hogy buktam egyszer egy belvárosi lakást, amit otthagytam az első feleségemnek, helyesebben a fiamnak, aztán nevelő nagyapám adott apámnak egy házra való összeget egy autónyereményből azzal a kitétellel, hogy majd ebből, ha felnőtt leszek, segítsen lakáshoz, amiből nem lett semmi. Nem akartam ezt a lakást is, mint örökséget, elbukni azzal, hogy Jadvigával vagy Stefivel kössenek egy eltartási szerződést, mivel én le sem szarom őket. Pedig igazából azt érdemelték volna.

– Ez érthető, hogy az ember nem akar egy életen át balekot csinálni magából. Mert mindenki lehet balek az életében, de csak egyszer.

– Egyébként anyám ahogy öregedett, úgy gonoszodott is, legalábbis, irányomban. Már réges-rég nem emlékezett közös mondókánkra, a Tosca, Traviata, Nabucco, Bajazzókra, és sokat betegeskedett. Az utolsó éveit a kórház és a lakás közti ingázással töltötte. Apám irányába viszont le a kalapom: élete utolsó pillanatáig odaadóan ápolta anyámat. Nagyon szerették egymást. Azért ez egy jó dolog lehet, ha valakik ennyire tudják egymást szeretni, és egy feleség túl tudja tenni magát, hogy a férje rendszeresen szolgáltatást vesz igénybe más femininumoktól.

– Végül is nem szappan az, hogy elkopjon.

– Néha elcsodálkozom, hogy te meg egy négydiplomás pedagógus vagy ilyen beszólásokkal, de azért szeretlek.

– Remélem is!

– Tehát, visszatérve a kérdésedre, albérletekben éltem, különböző kapcsolataim voltak, de jól éltem. A gyerekeimmel jól bántam – már azzal a kettővel, amelyik engedte. Sokat voltunk együtt, dacára annak, hogy az anyjukkal való kapcsolatom nem volt valami rózsás. Ha van apa, aki figyelemmel kíséri a gyerekeinek a tanulmányát és azt nagyon komolyan veszi, hát az én voltam! Szerintem több ezer fénykép készült közösen rólunk, aztán persze az idő múlásával ez az idill is elmúlt, de egyetlen percét sem sajnálom, inkább nagy szeretettel gondolok vissza rá.

– Akkor térjünk vissza az egyetemre. Ki lett az új főigazgató?

– Egy közgazdász doktor, aki nem csak tanított az egyetemen, hanem értette is. Nagyon jó főnök volt. Sosem konfrontálódtunk. Sokat segített szakmailag a beszerzésben, konstruktív ötletei voltak a beszerzés területén, nem úgy, mint az elődjének. Új eljárásrendeket vezetett be, melyekkel átláthatóbb lett a beszerzés, biztosított volt a versenyhelyzet, sorolhatnám a pozitívumait. De aztán a kancellária bevezetése után ezeket a szabályokat is kijátszották.

***

– Kismatos, ez idő tájt majdnem vége lett a víg életnek.
– Mi történt?

– Említettem neked, hogy az északiak egyszer rám küldtek egy késes gyilkost, majd így a 2006-os évben újra próbálkoztak, csak már itt, Magyarországon. Ekkor egy Zsóka nevű erdélyi nővel éltem együtt, egy lakást béreltünk a belvárosban. Egy Spanyolországból feladott levélben (a mai napig őrzöm) fenyegettek meg halálosan, magyar nyelven. A magyarság tökéletes volt, nem fordítóprogrammal készült. Nem értettem, hogy miért jelentik be, és a tény volt közölve, nem volt alternatíva, hogy ha például fizetek valakinek, akkor ez mondjuk elkerülhető. Csak vegyem tudomásul, hogy meg fognak ölni.

– Mennyire vetted komolyan?

– Nem tudtam mire vélni a dolgot, és nem mondható, hogy nyugodt voltam.

– Ért valami támadás?

– Több is. Egy éjszaka aludtunk a franciaágyunkban és eszembe jutott, hogy valamikor, amikor jógáztam, azt mondta a mesterem, hogy észak – dél irányba kell feküdni. Így fogtam a párnámat és áttettem oda, ahol eddig a lábam volt. Ott laktunk már több hónapja, mire ezt így először megcseréltem. Majd egy téglányi terméskövet bevágtak az ablakunkon (az ágyunk közvetlen az ablak előtt állt), de úgy, hogy az a lábamnál csapódott a falba (ott, ahol korábban a fejem volt). A kő áttörte a két ablakot, teleszórva üvegszilánkkal az ágyunkat, és a falnál a vakolatig hatolt. Nem tudom, hogy csinálhatták. Szerintem az illetőnek kalapácsvetőnél nagyobb erővel kellett rendelkeznie, és a dobás szögéből ítélve egy teherautó platójáról dobhatták, a későbbi helyszínelés nyomainak rögzítése alapján.

– Mit szólt hozzá a barátnőd?

– Zsóka későbbi saját elmondása szerint nem tudja, miért maradt velem és miért nem ment haza azonnal Romániába.

– Valószínűleg szeretett.

– Azt hiszem, nagyon szeretett, talán egyetlenegy nő sem szeretett úgy egész életemben.

– Azért ebben ne legyél annyira biztos! Gondolom, elkúrtad a kapcsolatot, de ez majd egy másik történet lesz.

– Elkúrtam, de nem lesz belőle másik történet. Szóval megúsztuk. Aztán eltelt talán egy hét, és Zsókával elmentünk egy éjszakára az albérletből, elutaztunk.

– Kezdem unni a Zsóka nevet. Úgy tudom, ő váltott engem.

– Ez igaz, viszont egész életemben talán két nő volt, aki igazán szeretett, szinte feltétel nélkül (ezt egy férfi megérzi), azok ti voltatok.

– Most már mindegy, de legalább rögzítve lett.

– Ott tartottunk, hogy elmentünk egy éjszakára, és másnap délután értünk haza. A konvektor kivezető csöve purhabbal volt befújva az utca felől. Olyannyira tele volt égéstermékkel a lakás levegője, hogy a tűzoltók majd' egy napig szellőztették át a lakást. Azt mondták, ha éjjel ott alszunk, akkor többet sosem ébredtünk volna fel.

– És Zsóka kitartott...

– Igen, mellettem maradt. Majd magam mellé rendeltem két testőrömet és szóltam a délieknek, hogy valami nem stimmel.

– Mind emellett közben irodavezető voltál az egyetemen?!

– Igen.

– Mégis csak duál személyiség vagy te.

– Jól hangzik, de te sem vagy tisztában ezzel a fogalommal, nem is vagy pszichológus, és a történések szempontjából pedig teljesen indifferens. Aztán teltek a napok, hetek, majd jött az üzenet a déliektől, hogy „szabadságra engedhetem a testőröket".

– Volt valami zaklatás a továbbiakban?

– Soha semmi, és nem is beszéltünk róla többet erről az olaszokkal, senkivel sem, csak Zsókával.

– Most már hagyjuk őt, mert csuklani fog.

– Azért, hogy a nyugalmat megzavarjuk, szegény anyám feltette fejére a hamis babérkoszorút és végleg beírta magát a szeretet-zsoltárkönyvembe.

– Mit csinált, talán a nevére vette Jadvigát?

– Körülbelül az az emelet, csak másik ajtó. Írt egy végrendeletet, pecséttel, ügyvédi aláírással, hogy kitagad engem az ingatlanjából (amit a Tata pénzén vettek), a forintos bankszámlájából, a devizaszámlájából, valamint az összes lakási ingóságából.

– Amivel te rendezted be a lakásukat?

– Igen.

– Úgy látszik, a mi beszélgetésünk arról szól, hogy időt kérek. Most valami hosszabbat adjál és folytassuk inkább az egyetemmel, a családodból nagyon elegem lett.

***

– A családdal kell folytatnom, mert anyám bekerült hosszabb időre a klinikára. Apám szinte egész napját benn töltötte vele, pedig ő is már 85 éves volt akkor. Majd, sosem felejtem el, a lakásukba voltam, álltam az ablak előtt egy szerdai napon, amikor este, negyed nyolckor csörgött a telefonom. Apám hívott, és nagyon megtört hangon mondta: anyám meghalt.

– Mit éreztél?

– Azt, hogy egy nagyon kemény ellenséget vesztettem el. Aki már nem fog tudni tovább ártani nekem – ennyi volt az érzés.

– Sajnálom.

– Én is mérhetetlenül sajnálom azt, hogy egy anya és fia közt miként alakulhatott ki ilyen kapcsolat? 65 év alatt nem tudtam ezt feldolgozni, mármint a mi kapcsolatunkat a szüleimmel. Aztán jött az urnás temetés. Kint voltak sokan. Stefi és Jadviga is, majd innentől, hogy apám egymaga maradt, megindultak a lakás megszerzéséért. Valahogy a végrendeletről is tudhattak, meg úgy voltak vele, nekem úgysem kell, hiszen jól állok anyagilag. Ennek kapcsán eszembe jutott, hogy Stefi lehetett tíz év körüli, amikor Jadviga a bírósághoz fordult, hogy vonjanak le tőlem több tartásdíjat.

– Volt pofája ehhez, amikor a szüleid révén minden hónapban majd' egy tanári fizetést megkapott pluszban.

– Igen, ez nem tartotta vissza. A bíróságon előadta, hogy neki sok a rezsije, például több ezer forintért hordat képes újságokat, meg különben is, nekem van egy kis kertem, ahol számomra megterem – így mondta, ez is, az is. Azzal nem foglalkozott, hogy egy kertben kell rotátorozni, gereblyézni, ültetni, kapálni, öntözni és sorolhatnám. Neki annyi ismerete volt ezekkel kapcsolatban, hogy milyen jó nekem, mert a búzadara megterem a búzavirágban...

– Megkapta az emelést?

– Nem. A bíróságon szó szerint elmondtam, hogy a volt nejem bérelhet egy kertet, akár az enyémet is kiveheti felesben, de ott dolgozni kell hétvégén. Ő viszont hétvégén felkel 9 órakor, odaáll az ablak elé, közben véresre vakarja a seggét unalmában, és az időjárástól teszi függővé, hogy az uszodába menjenek-e a gyerekkel, vagy TV-t nézzenek.

– Mit szólt ehhez a bírónő?

– Nekem adott igazat, továbbá felhívta Jadviga figyelmét arra, hogy vannak könyvtárak, ahol lehet olvasni, nem kell több ezer forintért képes újságokat járatni. Elutasította kérelmét.

– Visszatérve a temetésre. Utána apám haláláig, aki 7 évvel élte túl anyámat, nem mentem ki a sírhoz. Virágot sem vittem ki még halottak napjára sem.

***

– Rátérve az egyetemi munkahelyre, a főigazgatót váltotta a kancellár, akit fentről neveztek ki. Volt is régebben erről egy szójáték. Tudod, hogy hívták az egyetemet a kancellár megérkezése előtt?

– Nem.

– A mienk... A főigazgatónk leváltása nagyon sajnálatos volt. Ő gyakran tartott nekünk vezetőknek továbbképzéseket, kulturális rendezvényekre vitt, bemutatta nekünk a „láthatatlan világot", kihelyezett vezetői értekezleteket tartott. A korábbi főigazgatónál csak nőnapi bulik meg horgászversenyek voltak, amik lerészegedéssel végződtek.

– Akkor lett kancellárotok.

– Igen, ilyen kancellárja senkinek sem volt, de ne is adjon az Isten.

– Bunkó volt?

– Az nem kifejezés. A bunkósága rosszindulattal párosult, valamint iszonyatosan erős politikai hátszele volt. Én meg mentem azért szembe vele. Ekkor gondoltam, írok egy novellát vele

kapcsolatban, aminek az lett volna a címe: Szemben a hátszél-
lel. Magabiztos volt, empátia zéró, nyírta az embereket – alap-
jában véve az a kis genya típus, aki tudja, hogy mindent elkö-
vethet büntetlenül.

– Akkor hogyan szabadultatok meg tőle, mert hallottam
anno, hogy visszahívták.

– Igen, mert mégsem követhetett el azért mindent büntet-
lenül, csak ezt még ő sem tudta. Az volt az elaltatás, hogy azért
hívták vissza, mert egy központálon posztolt olyat, amit azért
nem kellett volna. Ez csak egy beetetés volt. A tényleges ok az
volt, hogy az egyetem kocsijával elment nyaralni, elvégre neki
ez járt, a diplomásoknak meg a minimálbér. Aztán holt részegen
Szerbiában rommá törte a kocsit. A szerb rendőrnek meg akarta
tagadni a szondázást, mert mentességi jogaira hivatkozott, de
a szerb zsaru állítólag lenyomott neki egy akkora sallert, hogy
lebólintotta a szélvédőt, mint béka a földjepret. Aztán az autó-
biztosító nem fizetett, mert az nem terjedt ki a részeg vezetés-
re, így több millió forint kárt okozva a „jó gazda gondosságá-
val" (hiszen gazdasági legfőbb vezetőnek tették ide), érdemei el
nem ismerése mellett elvitték az egyetemről. Addigra viszont
sok embert kinyírt, ahogy a nagy költőnket átírhatnám: „elhull-
tanak legjobbjaink a hosszú hierarchiaharc alatt…" Közben az
egyetemünkön lányom végezte az orvosegyetemet és évkiha-
gyás nélkül végzett is, követve apám hivatását.

– Tényleg, apáddal mi volt közben?

– Szinte visszatért a fiatalsága, már abban az értelemben,
hogy a lakása tele volt számomra idegen nőkkel. Ezek a régi sze-
relmei voltak-e, akik anyám halálán felbuzdulva megrohamoz-
ták? De voltak úgy 70 és 80 év közöttiek. Aztán akart a sírja
mellé kis padot csináltatni, mert ha senki más nem is, de majd
Stefike biztosan ki fog hozzá járni, majd ha meghal. A padcsi-
náltatás elmaradt.

Aztán megjelentek a hiénák. Mindenki a lakását akarta meg-
szerezni, az egyik legjobb barátja, Pető Gábor is, akinek ko-
rábban a doktoriját írta meg apám két üveg borért. Egyébként
szakdolgozatot én is írtam hatot másoknak, de a legutóbbiért

beígért pálinkát sem kaptam meg. Pető Gábor például apám kocsiját is el akarta vinni, de megelőzte Stefi fiam, aki egyszerűen elvitte tőle a garázsból, magyarul ellopta tőle. Ügyvéd is akarta megszerezni a lakását, ezeket az embereket neveztem én el cukrosbácsiknak.

– Nem sokat tehettél ezek ellen, hiszen anyád ki is tagadott mindenből, legalábbis az anyai részből. Apádon meg koránál fogva gondolom jelentkeztek a demencia jegyei, ő is osztogatta, amije volt, csak te ne kapjál semmit.

– Erősen jelentkeztek, lassan az utolsó éveiben már napi 24 órás felügyeletet igényelt. A munkáim mellett ezt nem tudtam vállalni, meg nem is lettem volna rá képes. Otthonba került, de rendszeresen látogattuk a kisebbik fiammal.

– Mi lett a cukrosbácsikkal?

– Jöttek a csecsenek megint. Pető Gábornak (mivel az oroszok a családot támadják, vagyis azt, akit a legjobban szeretsz) a fiát és az unokáját fenyegették meg. Gáborom szinte azonnal visszalépett.

– Még szép!

– Az ügyvéddel viszont én akartam elbeszélgetni. Meghívtam a Virág cukrászdába egy kávéra. Mondtam neki, hogy magnóra is veheti azt, amit most mondok: feldughatja a törvényeit a seggébe, de ha nem száll le rólunk, a száján húzom ki a szaros beleit, és a nyakára tekerem.

– Eredmény?

– Leszállt rólunk.

– Mi lett Stefikével és a kocsival?

– Stefike a kocsit visszahozta – jobbnak látta, ha így tesz. Aztán apámhoz már nem járt fel, mert ahogy a demencia elkezdődött nála, elmaradoztak azok a játékok, hogy „Stefi, hát vigyázz jobban a pénzedre, mert látod, megint kiesett egy tízezres a zsebedből" – tudod, meséltem, hogy apám mindig így adta neki oda a pénzt, a másik két unokájának meg a Muki csokit. Pénzt már nem tudtak belőle kihúzni, így többet nem mentek hozzá, nem látogatták. Pedig korábban, amikor egy újabb bírósági gyerektartás-rendezés kapcsán kérdeztem a bírónőtől, hogy mennyi pénz kellene szerinte a volt asszonynak, mert ugyanis az általam fizetett összeg mellett a szüleimtől egy diplomás bérét kapja pluszban. Ekkor rákérdezett a bírónő, hogy valóban ez így van-e. Jadviga elismerte, hogy igen, de azt is hozzátette, most ő van rászorulva (?) erre az összegre, viszont ha a szüleim megöregszenek, akkor majd ő fog segíteni nekik. Mondjuk én egyszer sem hallottam, hogy Jadviga porszívóval a hóna alatt becsöngetett volna szüleimhez, hogy jött takarítani, vagy valami más formában segített volna nekik. Sem ő, sem Stefi még apám temetésére (aki 92. éves korában hunyt el) sem jöttek ki, azt sem tudják, hova van temetve. Innen üzenem apámnak: jó, hogy nem csináltattál kis padot a sírod mellé...

– A szüleid elvesztése mégis milyen érzés volt?

– Anyámét leírtam, hogy amikor meghalt, olyan érzésem volt, mintha egy komoly ellenséget vesztettem volna el. Apám elvesztése más érzés volt. Megkönnyebbülés a tekintetben, hogy féltem, meg fogom ölni. Tudod, én gyerekkoromban is mindig megsirattam, amikor hazaérkezett szerencsésen egy külföldi útjáról. Állandóan féltettem, hogy baja lesz. Hiányzott nekem ő, mint apa. Nagyon büszke voltam rá, és lehet, ezen röhögni fogsz, de szerettem.

– Nem röhögök.

– Aztán ahogy teltek az évek, egyre jobban beláttam, hogy szinte perverz öröme telik abban, hogy maga mellé állítja Jadvigát meg az unokáját, és engem kikiált közellenségnek. Szinte állandóan hazudott nekem – ebben hasonlított a menyére. Ígérgetett nekem, és soha nem tartott be belőle semmit. Másokkal meg annyira normális volt és segítőkész, hogy az összes közös ismerősünk úgy látta: ennek a szerencsétlen dokinak is milyen pszichopata fia van. Mert ezt a történetet, mely szó szerint igaz, csak Tata, Mama, anyám és te ismered. Apám fiatalkori ismerősei, meg a későbbiek sem tudják elképzelni, milyen is volt ő valójában a családjával, illetve velem. Körülbelül 25 éve csak altatóval tudok elaludni, kattog a fejem és nem jön álom a szememre. Emlékszem, apám halála előtt 3 évvel ott aludtam nála a lakásában. Már a második altatót vettem be, és nem tudtam elaludni. Benne voltunk már az éjszakában, amikor felkeltem, csőre töltöttem a pisztolyomat és átmentem a szobájába, hogy agyonlövöm. Mélyen aludt, még horkolt is. A pisztoly csöve centikre lehetett a fejétől. Sok gondolat járt a fejemben. Ha most lelövöm, az nem neki lesz büntetés, hanem nekem. Sokáig álltam-e ott? Így nem tudom. De nekem pörgött le az életem filmje, pedig ilyen esetben neki kellett volna, mondjuk, ha ébren van. Lassan visszaengedtem a kakast a pisztolyon, bementem a szobámba. Lefeküdtem, több altatót aznap már nem vettem be, de nem aludtam el. Rá egy évre, akkor már nagyon furcsán viselkedett, egyszer napközben a lakásában felém lépett, kitárta a kezét és azt mondta: nem érti, hogy mi miért nem tudjuk megölelni egymást. Emlékszem, reflexszerűen a kezeire néztem, hogy nincs-e nála valami szúró-vágó eszköz. Nem volt. Ekkor öleltük meg először egymást, ő lehetett 90 éves, én meg úgy hatvanhoz közeli. Halála előtt sokszor került ő is klinikára. Többször látogattuk meg bent, még a lányommal is. Szörnyűek voltak bent az állapotok, pedig ha belegondolsz, egy tudományegyetem orvoskarának klinikáiról van szó, ahol történetesen apám az egyik intézetnek a társprofesszora volt. De amikor bekerült a belklinikára, „ketteske" lett a neve.

– Úgy, mint amikor egy vendéglőben a pincér azt mondja: „a kettes asztal fizet"?

– Ráhibáztál, csak az ő esetében „ketteske beszart", mondta az egyik nővér a másiknak.

– Nem mondod?

– De! Ott, a tudomány fellegvárának gyógyító intézményében is ez a szakzsargon. Azt még megemésztem, amikor egy altatóorvos azt mondja: a „beteg konyhakész állapotban van". Vagy amikor azt mondják a defibrillátor helyett, hogy a betegre rá kell tenni a „hulla hopp"-ot. De „a ketteske beszart"? Hát ezt nem lehet minősíteni. Elhiszem, hogy a nővérek, ápolók nincsenek megfizetve, de ha már az egészségügybe mentek dolgozni, akkor azt csinálják becsülettel és ne „ketteskézzenek", vagy ha igen, akkor menjenek felszolgálónak. Amikor bent voltam, éppen az ebédeltetés folyt. Az úgy nézett ki, hogy volt beteg, akinek mindkét keze le volt kötve az ágy mellé. Annak az éjjeliszekrényére letette a nővér az ebédet, majd jó étvágyat kívánt. Majd egy óra múlva az érintetlen kaját a nővér elvitte: lekötözött kézzel tudod nehéz kanalazni. Volt olyan beteg is, aki folyamatosan kiabált fájdalmában. Kérdeztem a nővértől, hogy nem kellene valamit csinálni? Azt mondta, nem, mert a néninek csak a foga fáj. Mondjuk a néni protézise kint virított az éjjeliszekrényen, tehát a „fogfájás" eléggé valótlan megállapítás volt. Közben ki kellett mennem a WC-re. Na, vécépapír nem volt, a budiban, a vécélehúzó lánc szintén hiányzott, a vécédeszka – becézhetjük ülőkének – szintén nem volt ismert. A zuhanyzó a zuhanyrózsát még hírül sem látta. Nem egy Feketeerdő Klinika benyomást keltett. Viszont van az egyetemnek kancellára...

– Nem lesz jó megöregedni.

– Hát nem. Tudod, beszéltem már sokat Sandi doktornőről. Az apja dékán volt egy bizonyos szegedi karon. Az pedig már tekintélyes beosztás. Az apja tüdőrákos lett. Bekerült a klinikára. Elkezdték vizsgálgatni. Majd egy doki, Szakállas Péter, aki röntgen radiológus szakorvos volt, többször megvizsgálta. Csinált egy csomó röntgenképet, majd tüdőgyulladást állapított meg és elkezdte kezelni antibiotikumokkal hetekig. Aztán amikor egy röntgenképet nézett a dékán úrról, bejött egy nővér a kávéjáért és futólag ránézett a röntgenképre, majd azt mondta: „nem szívesen lennék a beteg helyében ezzel a széteső tüdőrákkal, ami van neki". Tehát a nővér állította fel a helyes diagnózist. A dékán úr pár napra meg is halt, dacára az antibiotikumos kezelésnek... Sandi doktornő pedig hozta a formáját. Nem jelentette fel a klinikai központot, hiszen ő is ott dolgozott. Inkább kötött egy „vádalkut". Az egyetem átvállalta a teljes temetési költségeket, saját halottjának tekintette. Szakállas Péter doki még mindig ott dolgozik, bár lassan nyugdíjas lesz.

– Az elgondolkodtató viszont, hogy ha egy egyetemi dékánra ennyire figyelnek oda, vajon milyen elbánásmódba részesül Józsi bácsi a Tanya 1021 dűlőből?

– Beszéltem egy beteg hozzátartozójával, ő arról panaszkodott, hogy a professzorral megegyeztek egy összegben, amit fizetni fognak, ha a rákos anyját megoperálja. A műtét megtörtént ugyan, de csak tíz percig tartott. Mivel már annyira végstádiumos volt a néni, hogy érdemlegesen nem lehetett műteni, csak felnyitották, majd összevarrták. A doki ettől függetlenül a pénzt eltette. A kolleganőmnek hasnyálmirigyrákja volt, nagy fájdalmakkal, kemózni sem lehetett már, mert nem lett volt értelme. A gyerekek titkolták előtte a betegségét, mert összeroppant volna. Egy éjszaka olyan fájdalma volt, hogy be kellett vinni a sürgősségire. A doktornő kérdezte, van-e valami papírja, amit aztán odaadott a doktornőnek. Amíg az orvosnő olvasta a korábbi zárójelentését, kérdezte mi a panasza. Mondta, hogy nagyon görcsöl, fáj a hasa. Mire a doktornő a folyosón a többi beteg előtt ráordított: „hogyne fájna, hiszen magának áttétes rákja van..."

– Ezek az emberek nem félnek Istentől?

– Vagy nem hisznek benne, vagy nem gondolják, hogy egyszer ők is visszakapják... Pedig a karma egy olyan játék, ahol mindenki azt a lapot kapja vissza, amit ő osztott le. 2000 év legelején megjelent egy felhívás a Délmagyarország napilapban, miszerint a körintenzívre a lakosságtól szívesen fogadnának vécépapírt, papír kéztörlőket, fertőtlenítőszereket stb. Ezt a hirdetést egy ottani, vezető beosztásban lévő orvos adta fel. Azért ez egy kicsit ledöbbentette a lakosokat, hogy már itt tartunk. Zuhanyrózsát nem kérnek? Ugyanezen a héten ugyanez az orvos tőlem, mint beszerzési főosztályvezetőtől megrendelt beszerzésre az irodájába egy darab rézveretes, enyhén antikolt, fátyolfényt kibocsájtó csillárt egymillió forintért. Ilyen történeteket tudnék neked mondani napokon keresztül.

– Ráadásul egy-egy vizsgálatra beutalóval hónapokat kell várni. Kevés az orvos, meg szarul is vannak fizetve.

– Szarul annyira már nincsenek fizetve, viszont az a kevés is többfele szakad, hogy rögtön egy példát mondjak. Sandi doktornő, akit már többször is említettem neked, radiológus szakorvos. Nekem arról panaszkodott sokszor, hogy a klinikán az általa vizsgált betegeknek milyen büdös hónaljszaguk van. Viszont hetente két alkalommal délelőtt önkényesen, minden bejelentés nélkül otthagyta két óra hosszára közalkalmazotti munkáját. Ekkor kiment egy helyi magánrendelőbe dolgozni jó pénzért, ahol érdekes, sosem panaszkodott a betegek hónaljszagára – nyilván más volt a vizsgálati díj, a pénznek meg nincs szaga. Majd amikor visszament a munkahelyére, amit otthagyott, és meglátta a megszaporodott betegeket a folyosón, csak ennyit mondott: „de sokan lettetek, hogy rohadjatok meg".

– Akkor nem kifizetődő itt megbetegedni! Szerintem mi vagyunk az a nép, aki egész életen át fizeti a társadalombiztosítást, de vizsgálatra magánklinikára megyünk.

– Így van, csak előtte megmossuk a hónaljunkat.

– Azt olvastam valamikor, hogy a középkorban a kórházakra felírták: „itt gyógyítják a testet és ápolják a lelket". Azt is hallottam régebben a Péterfy kórházban, hogy „Hell" felirat várta a betegeket, vagyis Isten hozott a kórházi pokolban...

– Változtak az idők, Kismatos... a középkor óta.

***

– Amit a tökfőzeléknél is jobban utálok, az a cuppogás iránti gyűlölet. Tudod, az a jellegzetes cuppogó hang, amikor egy szülő egymás után sorozatban puszilgatja, csókolgatja a kisgyerekét, és ennek van egy jellegzetes hangja. Ezt a hangot annyira nem tudom elviselni, hogy emiatt volt, hogy le kellett szállnom buszról. Emlékszem, elmúltam már jóval negyven, amikor utaztam egy helyi járatú buszon. Felszállt egy anya a gyerekével, és egy idő után elkezdte hangosan puszilgatni a gyereket azzal a jellegzetes cupp-cupp hanggal. Annyira elviselhetetlen volt számomra, hogy a következő megállónál le kellett szállnom. Talán azért mert nem szoktam ehhez a hanghoz gyerekkoromban? Apám életében nem puszilt meg. Nem voltam az „elszenvedője". Szóval apám halála a megkönnyebbülés érzését váltotta ki belőlem, visszatérve kérdésedre.

***

– Kis padot a saját sírom mellé sem csináltattam, de készíttettem egy szép síremléket.

- Komolyan mondod, hogy vettél magadnak egy parcellát és csináltattál egy síremléket?

- Úgy bizony, márványból. Fel van írva rá a nevem is. Áthoztam oda a nevelő nagyszüleim hamvait is, Tatát, Mamát, és rendszeresen viszem ki az élő virágot hozzájuk. Azt szerettem volna, hogy ha már házmesteri lakásban élték le az életüket, hát legalább most legyünk majd együtt egy nívósabb „öröklakásban". Churchill-idézetek is vannak felvésve, szépre sikeredett.

- Mi lett a szüleid lakásával, amire a cukrosbácsik kivetették a hálójukat?

- Eladtuk. Az eladási ár felét megkapta a kisebbik fiam, a másik fele belement a lányom házába, csak azért, hogy anyámnak igaza legyen. A szüleim spórolt pénze is a gyerekeimhez került: a fiamnak garázst vettünk belőle. A lányom közben végzett az orvoskaron, doktornő lett belőle. Nem volt még 29 éves, amikor én már hozzásegítettem, hogy a nevén legyen 5 ingatlan, meg több tízmilliós értékben ingóság.

- Gondolom, hálás érte neked?

- Egyáltalán nem, sőt a viszonyunk is megromlott, de előtte még rendeztem neki egy gyönyörű lagzit, mert hozzáment egy orvoshoz, aki egy háziorvosi dinasztia tagja. Nagy vendégsereg volt, patinás szállóban, limuzinok és sorolhatnám. Egy év múlva meg már jött a leány unoka. A lányom egyszer azt mondta nekem, hogy én „keresztapa" vagyok, amit nagyon helytelenít, holott egyáltalán nem vagyok az. Viszont ő az a „kimazsolázós" típus. Keresztapának tart, de azt a vagyont, amit alátettem, azt azért elfogadta.

- De hát ti a lányoddal leltári tárgyak voltatok gyermekkorában a vidámparkokban, strandokon. Te tanítottad meg biciklizni, horgászni, vitted nyaralni... gondolom, az egyetemen sem engedted el a kezét, ahol az orvosit végezte, és komoly, irigylésre méltó vagyont tettél alá, hogy csak hallomásból ismerje meg a garázsban lakást.

- Hagyjuk, fáj a fejem, majd később beszélünk.

***

104

– Megérkezett a másik kancellár, és én is közeledtem erősen a nyugdíj felé.

– Tényleg, most veszem észre, mennyire megöregedtél. Milyen volt az új Fővezér?

– Olyan, mint az, aki ilyen állást elvállal, hajlandó egyáltalán betölteni.

– Értem. Konfrontálódtál vele?

– Csak áttételesen. A közvetlen főnökömmel annál inkább, akit a kancellár nevezett ki hozzánk Főnéninek. Szakmailag nem tudom megítélni, hogy milyen, hiszen nem vagyok jogász, ő viszont jogvégzett. A közbeszerzés területén a jogot, függetlenül, hogy jogtudománynak hívják, pszeudo-tudománynak tartom. Tehát ott, ahol nagy tendereknél mindig ki lehet hozni győztesnek egy bizonyos céget, aki a legdrágább a versenytársaihoz képest és a közbeszerzés tárgyában referenciái sincsenek, azt én nem nevezném tudománynak. Messze van az a természettudományoktól. Ez viszont nem az én területem volt, hála Istennek. A másik dolog a Főnénivel kapcsolatban pedig az, hogy nem tanulhatott vezetéselméletet, vagy ha igen, nem sok ragadt rá. Az, hogy a habitusával mennyire felelt meg a vezetés kihívásainak? Egyperces intervallumon belül képes volt zokogva sírni és hahotázva nevetni, de nyilván az idegeit megviselték neki is a felülről rákényszerített feladatok. Alapjában véve nem lehetett ő eredetileg rossz ember, sőt igazságérzete is lehetett valamikor…

– Csak be kellett állnia a sorba?

– Igen, nekem is be kellett volna, de én meg, tudod, sosem voltam az a sorba állós fajta, inkább listafordító.

– Az milyen?

– Olyan, mint a deviáns vagy a normaszegő, csak szépen akartam kifejezni magam.

– Értem.

– Ami volt még vele probléma, az, hogy nagyon meg lehetett vezetni. A bizalmasai pedig ezt kihasználták. Mivel ő volt a Főnéni, a dolgozókat is ő vette fel. Volt, hogy pályáztatás útján, volt, hogy nem. Például a diákmunkások helyeit mindig megpályáztatták, aminek olyan nagy tétje nem volt. Stratégiai helyekre meg kinevezett olyanokat, akik szimpatikusak voltak neki. Ezek az emberek rendszerint maximum 3 éves főiskolával rendelkeztek, de két és félszer magasabb volt a fizetésük, mint a hozzáértőknek, akik nem voltak szimpatikusak.

– Nesze neked közalkalmazotti bértábla! Ezek szerint a tanszékeken voltak például olyan több, szakirányú diplomával rendelkezők, akik felsőfokú nyelvvizsgákkal oktattak, és mint adjunktusok, harmadannyi nettó fizetéssel sem rendelkeztek mint a gazdasági hivatalban dolgozók?

– Igen, de a veszélyesebbnek én azt láttam, hogy ez egy gazdasági vonal volt, ahol dolgoztak középfokú végzettségűek vagy bölcsészek, vallástudományi főiskolát végzők.

– Ezt most komolyan mondod?

– Igen, beszerzés előtt elmondtak egy imát. Persze autodidakta módon beletanultak a szakmába, de ezen azért nem kell csodálkozni, mert ahol mondjuk egy számítógépközpont vezetője, igazgatója kémia szakos tanár, ott sok minden lehetséges. Persze az ilyen emberek előbb-utóbb elvégeztek pluszban egy 2 éves másoddiplomás stúdiumot gazdaságtudományi karon. Mondjuk olyan szakirányban, hogy „európai tanulmányok", de hogy ennek mi a köze egy olyan területhez, ami gazdasági informatikai végzettséget tételez fel, ezt szintén ne kérdezd. Viszont jól hangzott, hogy „gazdaságtudományi karon végeztem, persze, hogy igazgató lettem". De a szakirány köszönőviszonyban sem volt az ellátandó feladatokkal. Mondjuk háziorvosnak kell egy orvosi végzettség, egy patikában dolgozik gyógyszerész, gyógyszerész végzettséggel, de egy 90 milliárd forintból gazdálkodó intézmény számítógépközpont-igazgatója simán lehet kémiatanár, olyan fizetéssel, amit szétosztva három pedagógus is megirigyelne, vagy legalábbis elfogadna. Az igazgató állította, hogy autodidakta módon megtanulta az informatikát. Képzeld el, ahogyan egy orvos autodidakta módon megtanulná az orvoslást, és lenne a belgyógyászati klinika igazgatója. Bár néha az egyetemet végzett, magas beosztású orvosok sem álltak mindig a helyzet magaslatán. Például minden héten az egyetemen tartottak vezetői értekezletet, ahol jelen voltak a kari dékánok, a klinikai központ elnöke (orvos), és nem utolsósorban a rektor. Történt egyszer, hogy egy ilyen ülés alkalmával a rektor agyvérzést kapott, majd elájult, mire a klinikai központ elnöke hisztérikusan elkezdett ordítani: „hívjanak már egy orvost!".

– Miért, ő nem az volt?

– Dehogynem! Elöl-hátul dr., prof., habil., PhD stb. Csak kellett volna egy „hozzáértő"... Az ilyen üléseken mutatkoztak be általában az új dékánok. A Konzervatórium új dékánt választott, aki otthon megírta a bemutatkozó beszédét, majd mikor a plénum előtt megkezdte, javasolta a tegeződést, hiszen mindannyian dékánok voltak. Mire az orvos elnök ezt visszautasította azzal, hogy „nem egy padot koptattunk".

– Akkor azért bunkó is volt egy kicsit!

– Nem kicsit! Viszont volt vele kapcsolatban egy jó történet. Az orvoskar elúszott az adósságban jó pár milliárddal, hiszen nem bírta a költségvetésük, hogy a profok a külföldi és belföldi magánbetegeiket is a klinikán fogadják és az egyetemi gyógyszertár által beszerzett gyógyszerekkel kezeljék. Ezért a már korábban említett elnök úr összehívta a dékánokat és tett egy olyan javaslatot, hogy mivel „egy egyetem vagyunk", dobják szét az összes kar között az ő hiányukat és közösen fizessék ki. Mire a konzervatórium dékánja erre csak annyit felelt: „ugyan már, elnök úr, hát nem egy padot koptattunk..."

– Tehát azt akarod mondani, hogy van egy tudományegyetem, aminek van, mondjuk, 12 kara. Képeznek jogászokat, közgazdászokat, logisztikusokat, informatikusokat, mérnököket és még sorolhatnám. Ha ilyen sokrétű a képzés, akkor miként fordulhat elő, hogy a saját dolgozóik bizonyos területeiken nem kvalifikáltak?

– Ezt kérdezd meg tőlük, Kismatos, mert erre nem tudok válaszolni. Szerintem ők is annyit tudnának erre mondani, hogy „azért, mert csak". Na, viszlát később.

***

107

– Feltűnt nekem, hogy milyen sokat beszélsz az egyetemi munkádról, úgy általában az egyetemről. Korábban azért gyorsan lezártad a húsipart egy disznófej-cikkel, a keltetőt egy légköri elnyomás irománnyal, meg a szakközépiskolát is. Itt meg már napok, hónapok csak az egyetemi anomáliákról szólnak. Miért van ez?

– Nézd, elsősorban azért, mert a korábbi munkahelyeimen maximum 2-2 évet dolgoztam. Itt azért eltöltöttem több mint negyed évszázadot. Sok embert ismertem meg, sokat láttam, sokat hallottam, és ez alapján bizton állíthatom, hogy az olasz maffia tanulhatna tőlük.

– Ez azért nem durva kijelentés annak a szájából, aki az olasz maffiának dolgozik már szintén negyed évszázada?

– Kismatos, először is tisztázzunk alapvető fogalmakat, mielőtt maffiózónak kiálltanál ki. Én generálkivitelezésben Olaszországban építettem víziszárnyas-vágóhidakat legálisan, olyanokat, amik a közös piaci exportra megfelelnek. Ezek ellátnak bizonyos családokat, akiknek éttermeik vannak. Ezekbe az éttermekbe szállítok olyan borokat, amik higiénés és minőségi szempontból teljesen megfelelnek (különben nem vennék meg az ínyenc olaszok őket), legfeljebb az értékesítési csatorna nem teljesen legális. De ettől még nem tartom magam maffiózónak. Az a Család, amellyel már közel harminc éve kapcsolatban vagyok, consigliere-nek választott. Nem maffiózó értelemben, csupán tanácsadójuk vagyok. Tudom, mire van szükségük, azt itthon beszerzem és eljuttatom nekik. Színtiszta logisztika. Ismerem az erősségeiket, és összehozok nekik Magyarországon üzleteket, amelyekből kapok jutalékot. Látom már, mit akarsz kérdezni, de megelőzlek most a válaszommal. Igen, ha kell, megvédem magam; ha az életemre törnek vagy a gyerekeimére, akkor ölök, ha kell. Mivel tanári diplomám is van, ezért állíthatom, hogy engem Olaszliszkán a cigányok nem tudnának agyonverni, mint ahogy más tanárral tették valamikor – valószínűleg én ölném meg őket. De csak akkor, ha megtámadnak. Ez olyan nagy bűn? A betöréseim? Nem öregekhez mentem be ellopni a nyugdíjukat. Rendszerint válaszreakciók voltak azok felé, akik be akartak tenni nekem, hogy tudják, nem sérthetetlenek ők sem. Azon kívül több tízmillió forintos nagyságrendben jótékonykodtam szegényeknek meg pénzes műtét előtt állóknak, akiknek gyűjtöttek. Az egyetemen vannak sokan olyan vezetői beosztásban, akiknek a fizetése az enyém többszöröse volt, de elmondásuk szerint ők a hajléktalanoknak sem adják oda a multik előtt a bevásárlókocsit, hogy jusson nekik száz forint.

– Jól van már, be ne kapjál!

– Kapjál be te, bár sosem voltál egy világbajnok benne.

– Amíg nem kérsz bocsánatot, nem fogjuk ezt az egészet folytatni.

***

– Akkor bocsi, Kismatos, csak elragadott a hév.

– Téged elég gyakran elragad. Miért voltál ennyire arrogáns velem?

– Mert eldurvítottak. Tudod, egyszer, amikor pánikbetegség meg egyéb dühreakció kapcsán elbeszélgettem egy pszichiáterrel, ő mondta a következőket. „Tudja, Ervin, önnek van egy fejszerkezete és egy olyan arcberendezése, ami az emberekből nem vált ki eleve szimpátiát. Nemhogy a négy diplomát, még a négy elemit sem nézik ki magából a megjelenése alapján. Emellé amikor elmondja valamiről a véleményét, az párosul még egy olyan testbeszéddel és van még egy olyan orgánuma hozzá, intonációja, hogy az emberek ezt nézik ellenszenvvel, és oda sem figyelnek arra, amit mond. Pedig igaza van szinte mindig." Aztán megkérdeztem tőle, hogy neki szimpatikus vagyok-e, mégis csak egy pszichiáter. Azt mondta, nem vagyok neki szimpatikus, de igazam van...

– Legalább őszinte volt.

– Akkor elmesélek neked itt egy sztorit (és ami eddigi és ez utáni beszélgetésünknek a lényege, hogy nincs benne csúsztatás, hanem a „csengő igazság"). Vesd össze a történet szereplőit velem. Bár a testbeszédjüket nem fogod látni, sem a fejszerkezetüket, azt képzeld bele.

– Halljuk!

– Elkezdtem tölteni a felmentési időmet otthonomban, nem kellett már az egyetemre bejárni dolgoznom, ennyire közel kerültem a nyugdíjhoz. Az egyetemen volt egy takarítási vállalkozó, továbbiakban Pannika. Ő harminc éve takarítási szolgáltatást végzett az egyetemnél körülbelül 120 fős dolgozói létszámmal. Az ő története úgy kezdődött, hogy állam bácsi azt mondta, drasztikus létszámleépítés kell a felsőoktatásban. Mivel nem akarták az oktatókat, kutatókat elküldeni meg a pszeudo-tudomány képviselőit, azt a döntést hozták meg az intézmény képviselői, hogy leépítenek 120 fő takarító közalkalmazottat és kiszervezik a takarítási szolgáltatást. Pannikára esett a választásuk, vagyis céget alapíttattak vele, átvette a dolgozókat mind egy szálig, és elkezdte tevékenységét. Egyébként ismerték őt már régebbről, hiszen az egyetemen dolgozott mint közalkalmazott, a karbantartó részlegnél. Érdekes egy asszony volt. Nem olyan volt, akivel csak a felmosóvödörről lehet beszélni. Művelt, okos, jó üzleti érzékkel bírt, verseket írt. Mindemellett annyira szerette az egyetemet, hogy rendszeresen humoristákat, zenekarokat hozott le Budapestről saját költségen az egyetemre, ahova sok embert meghívott. A bevétel teljes összegét pedig felajánlotta az egyetemnek. Tehát nem az a típusú ember volt, aki a bevásárlókocsit nem adja oda a hajléktalanoknak. Telt, múlt az idő, a vállalkozási díját csak nagyon kis léptékben tudta emelni, vagy a Bokros-csomagra hivatkoztak az intézmény vezetői, vagy a nagy elvonásokra, vagy a vizitdíjra, vagy az aszályos időszakra – kifogás az mindig volt, hogy a négyzetméterre vonatkoztatott takarítási díját ne emelhesse. A lényeg: eljutott arra a szintre, amikor már olyan kevés volt az általa kiszámlázott vállalkozási díj, amiből már nem lehetett kijönni. Ezt úgy értsd, hogy eladta a kertjét, majd a kocsiját, később a garázsát, hogy a dolgozóinak bérét tudja fizetni. Közben persze állandóan írta a kérelmeket, hogy szeretné emelni a vállalkozási díjat, de éveken keresztül még az infláció mértékével sem engedték neki. Majd elkezdte hitegetni az egyetem kancellára, hogy megveszik a cégét, vigye be a cégével kapcsolatos dokumentumokat és két hét múlva majd értesítik. Közben eltelt két hónap, nem értesítették. De ekkor már eladta a saját lakását és albérleti díj ellenében maradhatott benne, hogy a dolgozóit, a járulékokat tudja fizetni, mert szerette a munkáját. Szerette ezt az egészet, amit csinált, küldetésének érezte. Aztán amikor felkereste a kancellárt 3 hónap múlva, hogy azért jött, mert 2 hét volt megbeszélve, a kancellár csak annyit mondott. „miért is kellett volna nekünk találkozni?". Ekkor Pannika majdnem leköpte a kancit, ahogy nekem a későbbiekben elmesélte. Egyértelműen ki akarták véreztetni, hogy bedobja a törölközőt. Aztán azt hazudták neki, hogy ha nem is veszik meg a cégét, de átveszik a dolgozóit és ő lesz majd a vezetőjük, továbbra is kiemelt fizetésért. Persze ebből sem lett semmi. A „beosztásom várományosa" kérdezte már korábban is a Főnénit, hogy miért nem írnak ki tendert a szolgáltatásra, hiszen a kiírási dokumentáció is el van készítve. Azt a választ kapta, hogy azért nem írnak ki tendert, mert a pályázók úgyis magasabb árat adnának, mint ami most a Pannikáé, és azt ő nem tudná ledugni a kancellár torkán. Mivel tovább nem lehetett húzni a dolgokat, Pannika írt egy levelet a kancinak, hogy teljesen ellehetetlenítették, és ilyen vállalkozási díj mellett ezt a munkát nem lehet felelősségteljesen végezni. Na, erre várt a vezetőség! Ezt a levelet felmondásnak tekintették, és azonnal kötöttek egy takarítási szerződést évi 700 millió forint értékben egy másik céggel, mindennemű pályáztatás nélkül.

– Nem mondod!

– De, viszont a poén még hátravan.

– Lehet ezt még fokozni?

– Óh, több rendbelileg is. Először is a vállalkozási díj Pannika díjához képest közel a négyszerese (!) lett.

– ???

– Ezt úgy látszik le lehetett dugni a kanca torkán, működött nála a mélytorok-effektus, végül is van az a pénz...

– Lesz még további poén is?

– Persze. Mit gondolsz, kivel kötöttek szerződést? Egy olyan céggel, akinek társtulajdonosa az egyetemen a közbeszerzésen dolgozik mint ügyvivő szakértő.

– Nem tűnt ez fel senkinek?

– Dehogynem! Csak a bárányok hallgattak, a farkasok meg sírtak. Meg hallgatott a közbeszerzési vezető is (akit azért korrektnek ismertem meg, de úgy látszik, ő is akart nagyobb kocsit venni. Kellett is a seggéhez, mert találóan „beosztásom várományosa" Tepsiseggűnek becézte). Tepsiseggű történetesen egy szobában dolgozott azzal a kolléganőjével, aki tulajdonos volt a takarítási szerződést megkötő cégben. Anno ketten írták az egyetemnél a közbeszerzési szabályzat-tervezetet, amiben ezt a módit összeférhetetlennek titulálták, na meg törvényileg sem volt elfogadható, a morális dolgokról nem is beszélve. Hozzá kell tennem azt is, hogy Pannika ebbe az egész „játszmába" belehalt.

– A kurva anyjukat!

– Szerintem is. Majd az egyetem elkezdte védeni a közalkalmazott vállalkozójukat. A Főnéni asszony például azt hozta fel mentségül, hogy a közalkalmazottjuk csak 1,5 %-ban tulajdonos abban a cégben, aki nyert.

– Szerinte akkor ha valakinek csak 1,5 cm-re nő meg a pöcse, az már nem is tud nemi erőszakot elkövetni, legalábbis jogilag?

– Igen, ő mint jogász, aki közbeszerzési stúdiumon oktat, tanít, ezt helyesnek tartotta. Hiszen a szerződést mint jogi ellenjegyző ő írta alá. Egyébként annak a nőnek a cégével kötötték meg a szerződést, akit korábban említettem neked, hogy a város valamennyi nagypénzű pasiját kifogta, de végül az a szivar vette el, aki beszédkészsége miatt sosem tudott volna indulni Kazinczy szavalóversenyen. A szerződés még tartalmazta azt is, hogy a cég kapott közel 40 millió forintot arra, hogy beruházzon takarítógépekre, mert összesen egy porszívójuk volt nekik, amivel a hölgy otthon a lakásában szívott.

– Érdekes, mert korábban én úgy hallottam, hogy ha valaki kiírt egy szolgáltatásbeszerzésre irányuló pályázatot, akkor megvizsgálták, hogy a pályázó alkalmas-e a minőségi teljesítésre. Vagyis milyen referenciái vannak, milyen eszközparkja van, de ezt te jobban tudod.

– Ezeknek semmi nem volt, csak a sok ellentmondás. Például a közbeszerzési ügyvivő szakértő nő a szerződéskötés után pár nappal kilépett a cégéből. Felmerül a kérdés, hogy egy jól prosperáló cégből, ami éppen egy 700 milliós tendert nyer, miért lép ki valaki – ha úgy gondolja, hogy minden szabályos?

– Erről egyébként én is olvastam, több újság lehozta ezt a dugi-bugi bazárt. Még a szerződést is becsatolták aláírásokkal, most már emlékszem. Aztán a TV is bemondta, hogy átadták a nyomozóhatóságnak az ügyet. Aztán ennyivel vége is lett a további tájékoztatásnak.

– Ja igen. Meg hajtóvadászatot indítottak annak kiderítésére, hogy a szerződést ki juttatta el az újságnak. Szerintem beszarna a Főnéni, ha tudná, hogy pont a közbeszerzési szobából plankolták fel az egészet. Igaz, Koczkásfejű Nyuszika? Nagyon nem értettél egyet az egésszel mint jogász. Kérdezte is a Főnéni tőled, hogy te, aki a szerződést írtad, majd kitörölted a gépedből, ugye nem te szivárogtattad ki a szerződést? Kikérted magadnak, pedig te is és mindannyian tudjuk, hogy te voltál...

Később a beszerzési igazgatóság gyorsan csinált egy titoktartási nyilatkozatot, amit aláírattak még a diákmunkásokkal is. Aminek a lényege, hogy holtodiglan szól, továbbá tartalmazza, hogy véleményt nem nyilváníthatsz az egyetemről, nem bírálhatod és semmi információt nem szivárogtathatsz ki.

– Titoktartási nyilatkozat? Mondjuk a NASA-nál megérteném, vagy ha valaki valahol repülőgépfejlesztő mérnök, és a konkurenciának ne szivárogtasson ki. De egyetemnél milyen titkok lehetnek?

– Titkolni kell, ha nem szabályosan dolgoznak, ha valaki sikkaszt, költségvetési csalást követ el, magyarul: ha valaki lop.

– Na, most mit vársz tőlem? Mondjam azt, hogy ezeknél te morálisan magasabb szinten vagy, függetlenül attól, hogy én mégis maffiózónak tartalak? Inkább arról mesélj, hogy mit kaptál a nyugdíjas búcsúztatásodra.

– Semmit! Volt kint nálam a beosztásom várományosa. Mondta, hogy ő választott nekem egy szép ajándékot, ami egy arany medál volt, az egyik oldalán az egyetem logójával, a másik oldalon bevésve a nevemmel. Aztán vele közösen összeírtuk, hogy én majd milyen sültestálakat, pezsgőt, egyéb italokat vigyek a bulira. Pár hónapra rá törtaranyként eladta a medált (pontosabban egy ottani dolgozó mesélte, hogy megvette magának tör-tarany-árban), és a befolyt összegből, amit nyilván ő fizetett, csináltak belőle batyus bált, mindenkinek jutott belőle egy fél pizza, amit „aranyárban vettek". Vagyis nem csak szarból le-het aranyat csinálni, hanem aranyból is lehet szart alkotni, az aranyból vett pizzán és annak elfogyasztása után, a perisztal-tikának köszönhetően.

– Nem mondod! Valami oka csak volt.

– Állítólag mentek be különböző hatóságokhoz névtelen fel-jelentések a beszerzési igazgatósággal kapcsolatban. Mivel van-nak kapcsolataim, utánaérdeklődtem, és az igazság nem ez. Két feljelentés ment be velük szemben, amit aláírtak a feljelentők, és egy névtelen levél a beosztásom várományosával szemben, megkérdőjelezve annak „üvegzsebét". Generálta ezeket a feljelen-téseket a 700 milliós, általad jellemzett dugi-bugi bazár. Nehe-zen emésztették meg a gyerekei azt, amit Pannikával csináltak, aztán a szállítók, akiket más pályázatoknál szintén kigolyóz-tak, vérszemet kapva ők is megírták esetüket az egyetemmel.

– Még mindig nem értem, hogyan függ ez össze a törtarany ajándékoddal.

– A Főnéni – tudod, aki egy percen belül tud sírni és nevet-ni is – azt tételezte fel, hogy én állok a feljelentés mögött. Aztán ezt elmondta az beosztásom várományosának, majd szétspric-celt ez a hír. Beosztásom várományosa meg felhívott telefonon és mondta, hogy egyedül kihozza nekem az ajándékot, nem akar-nak semmi bulit velem kapcsolatban tartani, és csak az a kéré-se, hogy ha kijön hozzám, ne beszéljünk semmit az egyetemről és az elmúlt hónapokról egy szót sem. Erre mondtam én neki, hogy ez nem egy nyugdíjas-búcsúztatás, az ajándékra így pedig nincs szükségem. Na, ezután lett pizza, illetve batyus bál belőle. Érdekes ember volt ez a srác, az én beosztásom várományosa, le-gyen a neve mondjuk az egyik beszállító által elnevezve Kucsora. Rokoni kapcsolata által került az egyetemre, vezető beosztásba egy bádogkocsmából, ahol pultos volt. Mesélte, hogy a főnöke, a tulajdonos, egyúttal a barátja is volt. Sokat köszönhetett neki, együtt nyaraltak, és amikor a játékgépbe beszórta a fizetését, főnöke adott neki kölcsön, hogy legyen mit a családjának hazavinni. Aztán a kocsmában az italmérés kapcsán rájött, hogy milyen italokat lehet nagyfokú minőségromlás nélkül vízzel hígítani, és ebben az esetben napi 5 ezer Ft-ot ki tud venni a kasszából. (Ekkor mondjuk a 2000-es évek legelejét írtuk.) Ahogy dicsekedve mesélte, arra is kidolgozott egy technikát, hogy miként tudja ezt a pénzt észrevétlenül eltenni, ha a főnöke (barátja) is jelen van. Mégpedig az ötezrest összesodorta és az inggallérján vágott egy olyan rést, ahova ezt becsúsztatta (mint a régi ingek esetében ilyen inggallér-merevítőként). Arról is sokat panaszkodott, hogy nagyon unta azokat az öregeket, akik fél napokat töltöttek bent a kocsmában, és ez alatt az idő alatt megittak nyolc kisfröccsöt. Unta, hogy egyesével kell kirohangálnia az italokkal. Az egyik öreggel például úgy cseszett ki, hogy kivitt neki az asztalhoz egy kisfröccsöt ajándékba, de előtte a borba belepisált. Végül is hasonló módon, mint az, aki a parizerbe beleszart. Kucsorával az volt a gond, hogy ezeket olyan büszkén mesélte el, hogy miként lehet egy barátot meglopni, és ha nem is beleköpni más levesébe, hanem belehugyozni más borába, hogy ez alapján igencsak debil volt morálisan. Emellett pedig mint szerepjátékos óriási volt. Mindenen meg tudott hatódni, bármikor el tudta sírni magát, ezért is mondta Főnénije: „hát Kucsoráról semmi rosszat nem tudok feltételezni, egy ilyen érzékeny, gyönge szívű fiúról..." Egyébként az egyetemi főmérnök feleségének volt a rokona, aki ráparancsolt a férjére: „a gyereknek nincs állása, felveszed hozzátok!" Na, hát ő még most is (és valószínűleg nagyon hosszú ideig) a tudomány fellegvárában dolgozik olyan gázsiért, amiről te, Kismatos, háromdiplomás tanárként csak akkor tudsz álmodozni, ha bedobsz előtte egy bogyót vagy felrántasz egy csíkot. Ja, és ahogy mondtam: a kettőnk beszélgetésében csak csengő igazság szerepel részemről.

– És végül is te álltál a feljelentés mögött? Mert akkor érthető, hogy nem akartak elbúcsúztatni és szentté avatni az olajfák hegyén.

– Nézd, én Olaszországban megtanultam, hogy ne pofázzak. Nem mondom, hogy a 700 milliós üzletük nem háborított fel.

Azt sem állítom, hogy nem utáltam meg a Főnénit, aki jogilag ellenjegyezte a szerződést, meg az ilyen nagy tenderek irányításával foglalkozó, tepsiseggű közbeszerzési vezetőt, és az egész szemétség felett szemet hunyó jogászokat. De a dolgozókkal sosem volt és most sincs semmi bajom, ők csak a főnökeik parancsait hajtják végre, és kussolnak a „titoktartási nyilatkozatuk" értelmében. A kérdésedre válaszolva: nem én nyomtam fel őket.

– Ki lehetett?

– Tököm tudja. Viszont nem értem a névtelen levél fogalmát. Abban a tekintetben nem értem, hogy ha kap egy ilyet az egyetem, miért tulajdonít neki jelentőséget. Ha meg tulajdonít, akkor annak a hatására felmond fegyelmivel egy, az igazgatóságán évtizedek óta ott dolgozó 60 éves kolleganőnek? Mert ugyanis ez történt. Valaki írt egy névtelen levelet, és ennek hatására kirúgtak egy kolleganőt, aki vezetői beosztásban volt és úgy jellemezhetném: az a „Teréz Anya"-típus. Soha nem ártott senkinek, nem csinált semmit szabálytalanul, és senkit nem bántott meg sohasem.

– Nézd, én ezt nem értem, meg nem is tudom már követni.

– Én arra jöttem rá, hogy mekkora különbség van a vállalkozói szféra és mondjuk az egyetem közt. Ugyanis egy cégtulajdonos, akinek az interneten nincsenek deklarálva a szabályzatai, mi szerint dolgozik, azért mégis odafigyel rá, hogy rendben menjenek a dolgok. Mert ha nem így tesz, rögtön jönnek az illetékes hatóságok és büntetik. Azt pedig a saját zsebéből kell kifizetni. Ha jelzik neki, hogy valamelyik dolgozója meglopja, akkor nem az az első reakciója, hogy nyomozza, honnan jött az információ, hanem megnézi annak valóságtartamát. Ha bebizonyosodik, hogy a hír igaz, könyörtelenül leszámol a dolgozójával, mert ha nem a fentiek szerint vezeti a cégét, akkor csődbe megy. Őt pedig senki sem fogja konszolidálni. Az egyetemnél fordítva van. Deklarál az interneten egy csomó szabályzatot, amelyek szerint dolgoznia kell. Méregdrága minőségirányítási rendszert működtet, ami még egzaktabbá teszi a folyamatait, sőt azok élére folyamatgazdákat tesz. Aztán nem e szerint dolgozik, de gyorsan aláírat egy titoktartási nyilatkozatot, hogy ezt senkinek nem szabad elárulni. Aztán ha külső fenyegetés jön, akkor sem annak valóságtartalmával foglalkozik, hanem az után nyomoz, hogy ki írhatta. Aztán gyorsan kirúg egy nőt mondvacsinált, mondhatnám álprobléma alapján. Azért, mert a névtelen levél megírásával kapcsolatban rá gyanakszik, ugyanis a hölgynek és a beosztásom várományosának (Kucsorának) elvi, szakmai vitái voltak beszerzésekkel kapcsolatban, és ezért azt meg kell torolni. Tehát itt eleve a nem szabályosságot védik. Nem úgy, mint a vállalkozói szférában. Ja, hogy ebbe tönkre lehet menni, nagy hiánnyal zárhatnak a kozmetikázás dacára? Az nem érdekes, majd kinullázzák a hiányt az adófizetők pénzéből, segítsen, konszolidálja a kormány, akit folyton negatívan bírálnak, csak egyes embereknek gyűljön az a della, mint köröm alatt a gomba. Így gondolták anno ezt már más egyetemen is, csak ott elég sok embert lecsuktak emiatt. Nézz utána az interneten!

– Ez szép végszó volt.

– Nem ez a végszó! Dolgozik ott egy cinikus, humoros kolléganő (azóta már neki is felmondtak), akitől ha megkérdezik, mi újság az egyetemen, ez a válasza: „Itt mindig, minden fasza". Én még annyit hozzátennék, hogy igaz a közmondás: aki tudja, az csinálja (mint a versenyszféra), aki nem tudja, az tanítja (lásd: egyetem).

***

– Na és hogy telnek az elbúcsúzás nélküli nyugdíjasévek?

– Építettem egy házat a Tiszától pár perc járásra. Harapni lehet a levegőt, nincs a közelben szomszéd, csend van, kevés ember jár erre. Úgy érzem, itt nyugalmam lesz, nem fognak itt csesztetni magasan kvalifikált emberek és uradalmi cselédek sem. A lányom a tulajdonos, neki vettem, de én finanszíroztam végig. Először az unokámnak szerettem volna adni, de a lányom azt mondta, ne bonyolítsuk a dolgot, kerüljön az ő nevére. Ez is bele van számolva az öt ingatlanjába, amihez a révemen jutott. A legelső gondolatom az volt, hogy a kisebbik fiamnak veszem meg, de ő akkoriban annyira el volt foglalva magával, hogy még egy adásvételi szerződés aláírására sem lehetett elérni. Így került a lányom nevére. Kétségkívül a két testvér között óriási az anyagi differencia. Ezért javasoltam Babuskának, hogy adják el a volt tanyájukat, amit a gaz meg a szar ver föl, ahhoz én is betolok még egy kis pénzt innen-onnan – már sokadszorra. Vegyünk ebből egy kis lakást a fiamnak, hogy ne albérletben kelljen neki élni Pesten, mert a maradék kis pénzéből már nem futja semmire. Babuska viszont ezt nem így látta helyesnek, követve az ősei hozzáállását: földből nem adunk el. Aztán szerintem lefeküdt a lányának, mivel könyvtárosi szakmája előtt egy orvosi végzettség megfoghatatlan, szinte misztikus számára. Neki legfontosabb, hogy vigyázhat az unokájára, amikor erre a lányától parancsot kap – ritkán húzza ki a nyelvét a lánya seggéből. Empátia? Azt a fogalmat nem ismeri a fiával kapcsolatban. Mivel neki a segge alá tettek a szülők házat, kocsit és sorolhatnám, ő nem tudja elképzelni, hogy egy idegen városban a fiának milyen energiába telik egyik hónapról a másikra túlélni.

– De hát csak szeretheti őt is?

– Persze, de ő úgy van vele, hogy főleg az anyagi problémákat oldjam meg én. Ott volt például a lányom esküvője. Nem kis pénz volt a lagzi, szinte páran voltak csak az én haverjaim közül, a többi a Babuska rokonsága volt. Mégis, szerinted ki fizette az egészet?

– Gondolom, te.

– Jól gondolod. Vagyis etettem azokat a rokonait, akik gyűlöltek engem és partnerek voltak abban, hogy kiszekáljanak onnan, mint az „egyebet", a gyerekeim mellől. Volt, hogy a lagzi alatt a vacsora idején illendőségből odamentem Babuska rokonaihoz és megkérdeztem, hogyan érzik magukat, hogy ízlik a vacsora. Tudod, mit válaszoltak?

– Nem.

– Azt, hogy nem akarnak beszélgetni velem.

– Zabálták a kaját, amibe az ex-nejed egy fillért sem tett be, és még le is kezeltek?

– Pontosan.

– Azért te, aki már sok támadást tudtál kezelni, hogyan nem vágtad szájon valamelyik pudvás szájú parasztot?

– Nem akartam botrányt a lányom esküvőjén.

– Mondjuk ez érthető, mindenesetre a te Babuskádnak nem volt egy nehéz élete.

– Nem, de nem is cseréltem volna vele, mert az ő egész életének története fél oldalban leírható. Megszületett, pelenkázták egy tanyán, majd elvégzett egy főiskolát, ami alatt alátettek egy házat kocsival, amiben a saját fiának még csak segíteni sem akar, mert a földet nem adjuk el! Aztán feleségül vették (mármint én), szült gyerekeket és pelenkázta őket. A munkahelyén, amikor a gyerekek kérték a könyvtárban az Egri csillagokat, annyit mondott: ott, a második sorban balról a második. Majd a tanyán összegyűjtötte anyjával a tyúkok alól a tojásokat. Aztán megszületett az unokája, és tovább folytatta a pelenkázást most már nála. Majd beköltöztek hozzá a házba aggastyán szülei. Őket pelenkázta halálukig. Egyszer eljön az idő, amikor majd őt fogják pelenkázni. Babuska egész karaktere élete folyamán azonosult a pelenkával, aminek köztudomású, hogy nincs tartása. Amikor majd meghalunk, ő lesz a kurva jó anya, én meg a kurva rossz apa. Ennyi volt, lesz az élete. Én viszont megdolgoztam a múltamért. Az igazi vesztes jelenleg a fiam. Hazajött Budapestről, hiszen alig keresett többet, mint az albérletének a díja. Itthon dolgozik, az anyjával lakik. Babuska előttem ígérte neki, hogy ha vége a COVID-nak, ráíratja a házat, vagy eladják a tanyát és vesznek neki egy kis lakást, hogy ne az legyen, miszerint a nővérének 100 milliós vagyona van, neki meg semmi. Legyen kis önértékelése, hogy van egy ajtó, amire kiírhatja a nevét, és az mögött lévő ingatlan a tulajdona, így negyven éves kora felé. Pedig a lányom sem dolgozott meg azért, ami van neki, csak úgy a családtól kapta. Ebből persze nem lett semmi, a tanyát sem adták el, tele van egérrel meg pockokkal. Ki sem adták egy „tanyásnak", aki az ott lakás fejében rendben tartja. Inkább legyen egértanya, de nehogy már más lakjon benne. „Önyim", dűljön össze, de akkor az az „önyim", nem lesz a másé!

– Szard le!

– Azon már túl vagyok. Na de hogy aktuális dolgokról is beszéljek, vettem egy közép-ázsiai juhászkutyát és amióta ő megvan, kint élünk. Ez egy miniház, de van benne minden, a fürdőszobától az TV-n keresztül a számítógépig és az internetig, szóval ami a modern élethez kell. Persze nagy a kert, hatalmas pázsit, hinták, sütögető, nemsokára kis medence is lesz. 5 percre a Tisza és egy kikötő. Tervezek jövőre oda egy hajót, és lehet horgászkirándulásokat tenni.

– Ez nagyon idillikus, gondolom, gyakran kint van veled az unoka.

– Én is azt hittem, hogy megismétlődik majd vele az a kapcsolat, ami köztem és Tata közt volt, illetve ami a lányommal volt köztünk. De nem; már több mint három éve nem találkoztam vele, sem a lányommal. Lehet, hibáztam, de ha vissza lehetne pörgetni az időt, ugyanígy tennék.

– Akkor meséld el ezt az egészet, csupa fül vagyok, meghallgatnám szívesen, miben hibáztál.

– Ugye a lányom a vejemmel összeházasodott, született egy leányuk is. A vejem Szegeden szeretett volna élni, a szülei lakásában, a lányom meg Hódmezővásárhelyen, saját házban. A lányom nyert végül, a szülők összedobták a ház árát, én is beleadtam 5 milliót, vagyis a szüleim lakása árának felét, amiből anyám jóindulatúan kitagadott. A vejem az a dekoratív, magas, női szemmel jó fej, szintén orvos, a lányomnak megtetszett. A fiú szülei is orvosok, háziorvosok. Bár nem voltak a gyerekek rászorulva, de én támogattam őket, mint „maffiózó" – csak hogy igazad legyen –, identitásom szerint. Befizettem vejemet vadásztanfolyamra, aztán vettem neki vadászpuskát, később egy gázpisztolyt, ha éjszaka beteghez hívnák bizonytalan helyekre. Szigorúan önvédelemből! Aztán mondták, jó lenne egy beépített gardróbszekrény, egyéb bútorok is – megvettem a fiataloknak. Karácsony előtt a kezem majd' leszakadt az ajándékoktól, amit vittem át nekik. Mert ők nem igazán jöttek hozzám még ezen az ünnepen sem, talán egyszer fordult elő. Pedig a fiú szüleihez, akik Szegeden éltek, átjöttek rendszeresen gyerekestől, csak felém nem tudtak elkanyarodni... Jól van, ez még nem olyan nagy gond. Aztán jöttek a gyerek születésnapjai. Egy alkalommal talán úgy családon belül volt megünnepelve, amikor valamennyien ott voltunk. Aztán jött az az év, amikor átmentem az unokám születésnapjára az ajándékokkal, de kiderült, hogy az előző este már a Kovács (így hívják a vejemet) család azt megülte. Másnap, amikor én mentem hozzájuk, a lányom volt otthon, az unokám, és a volt nejem, Babuska. Aztán ettük az előző napról maradt születésnapi tortamaradékot. Erre még mindig csak magamban dühöngtem, hogy mit is képzelnek magukról meg a kutyabőrükről. Mert az én apám, bár anti-szülő volt, de mint orvos nagyon sok külföldi egyetemen dolgozott, kandidátus volt, amit ezek a körzeti orvosok csak hallomásból ismertek. Váltogatnak egész életükben 10 receptet, mint azok a vidéki ügyvédek, akik felváltva dolgoznak 10 paragrafussal. Aztán lehet enni a maradék tortájukat. Anno apámnak is felajánlották, mint kutatóorvosnak, de olyannak, aki másodállásban 18 évig mentőorvos volt, hogy vállalja el a Szegedhez közeli Tápén a körzetorvosi állást, és szemben a rendelővel lett volna anyámnak egy patika, amit vezethetett volna. Apám elutasította – nem azért, mert virológusnak tartotta magát, hanem azt mondta: „nem fog egy csirkéért vagy két tojásért (paraszolvencia) Mari néni seggébe belenézni". Úgyhogy ezeknek a nyugdíjas, magasan kvalifikált körzeti orvosoknak a maradék tortáját egye meg más, vagy azok, akikkel közös asztalhoz leülnek.

– Ebben azért van valami... De ez még nem ok arra a nagy szakításra, ami létrejött köztetek.

– Na, kezdjük elölről! Szóval összeházasodtak. Volt polgári és egyházi esküvő is. Aztán a lányom jelezte, hogy házassági szerződést fognak kötni, szedjem össze a papírokat hozzá, az ingatlanjainak tulajdoni lapjait, hogy az ügyvédje elkészíthesse. Ugyanis elhatározták, hogy teljesen külön kasszán fognak élni.

– Egyházi esküvő, ami az égben köttetik, a földön el nem választható és külön kassza? Meglehetősen sajátságos értelmezése a „jóban, rosszban, gazdagságban, szegénységben, betegségben, egészségben"-nek...

121

– Óh, hát volt arra is példa, hogy a vejem kocsit akart venni, amit elvileg a lányom is használ, hiszen nagybevásárlások, közös nyaralások stb. Kért a lányomtól kölcsön egy komolyabb összeget pár hónapra, amit meg is kapott, de 100 ezer forint kamatra.

– A saját férjének adott kölcsön pár hónapra 100 ezer forint kamatra? Gratula a lányodhoz!

– Igen, na, végül én lányomnak átküldtem azokat a tulajdonlapokat, amelyek az ő vagyonát képezik és házasságkötésük előtt a nevén volt, meg a több tízmilliós ingóságról is a papírokat. Aztán gondoltam, ezzel vége is az ügynek.

– És nem volt?

– Nem, most kezdődött. Gyakran előfordult, hogy vejem telefonon felhívott és panaszkodott a lányomra. Panaszkodott a lányomra a volt nejemnél is.

– Mit kellett volna tenned?

– Nem tudom, gondolta a vejem, hogy szolidáris leszek vele a lányommal szemben? Aztán elkezdtek jönni a lányomtól is a panaszos telefonok, egyre hosszabbak. Majd közöltem lányommal, hogy ez a magánügyük, ebben én nem akarok beleszólni, megvan a véleményem, a lényeg az, hogy ha elválnak, akkor tisztázottak a vagyoni helyzetek az általuk készített szerződéssel. Azt mondta erre a lányom, hogy sajnos nem így van, mert a férje olyan hiányosan állította össze a szükséges dokumentumokat, hogy az alapján az ügyvéd nem tudta elkészíteni a házassági szerződést.

– Ez azt jelenti, hogy az a miniház, ahol a kutyáddal éltek és a lányodnak vettél, az mint házasság alatti vásárlás, közös szerzeménynek számít?

– Pontosan!

– Mit lehet ilyenkor tenni?

– Az ügyvédemmel készíttettem egy nyilatkozatot, amit alá kellett volna írni a lányomnak és a vejemnek két tanú mellett, hogy utóbbi elismeri, miszerint ez a vagyon nem képezi az ő részét, hiszen egy fillérje sem volt benne, azt sem tudta, hol van az ingatlan. Ezt a nyilatkozatot átküldtem egy nagyon udvarias levél kíséretében, hogy legyen szíves aláírni. A lányom két tanúval aláírta, a vejem nem.

- Mivel indokolta tettét illetve nem tettét a háziorvosi dinasztia legkisebb tagja?
- Hetekig nem derült ki, majd a lányomra rákérdeztem. Azt mondta, azért nem írta alá a férje a nyilatkozatot, mert ez „éket verne a házasságába".
- Micsoda?
- Éket verne a házasságába.
- Szerintem azok, akik így telefonon felváltva panaszkodnak egymásra, azoknak egészen mást kellene már a házasságukba beleverni, nem éket.
- Én is így voltam vele.
- Hol robbant a bomba?
- Feltettem egy közösségi portálra vejem fényképét és írtam róla egy jellemzést, szóról szóra azok alapján, amit a lányomtól hallottam, meg ahogyan a négy év alapján megismertem őt is meg a családját. Valamint felhívtam a lányos szülők figyelmét, hogy az ilyen fiúk elől dugják el a lányaikat.
- Milyen jellemzés készült a vejedről?
- Egy olyan gyerek, aki gazdag nagyszülői háttérrel rendelkezik. Majd műszaki szakközépiskolát, végzett ahol biológiát nem tanult. Majd 27 éves koráig volt bolti eladótól kezdve éveken át pizzafutár. Közben, hogy katonának ne vigyék el, a háziorvos szülők szereztek olyan igazolást, hogy ágyba vizelős. Majd az apja, akként gondolkodva, hogy valaki át tudja majd venni tőle a praxist, javasolta a fiának, végezze el az orvosi kart. Fel is vették a komoly biológiai ismereteire tekintettel fizetősre, költségtérítéses stúdiumra. Ez a tandíj egy kisebb királyi váltságdíjat megközelít. Aztán a krisztusi korát elérve el is végezte. (Nem buta ő, inkább az a „don't worry, be geci" típus). Majd mi, szülők összedobtuk nekik a lakhanzit, szülei vettek neki egy 15 milliós elektromos autót (2021 évről beszélünk). Amikor idáig eljutott, kezdett el telefonban panaszkodni.
- Miket tettél fel még róla az internetre?
- Apróságokat, de amik mégis tükrözik az elméjét. Például mindig elmondta ebéd előtt a házi áldást, de gyakorta volt olyan dühreakciója, amikor a kislánya székét darabokra törte, ordítoz-

va a családja előtt. Annyira volt döntőképes, hogy feldobott egy érmét, ha írás volt, akkor elvitte a feleségét vacsorázni, ha nem, akkor vízilabdameccsre ment. Általában a meccs nyert, valószínűleg cinkelt pénzt használt. Majd azt is feltettem, hogy nem értem, ha valakinek valami nem a tulajdona, akkor miért nem akarja ezt elismerni? Könnyebb volna nekem is, ha átküldeném hozzá a csecseneket, hogy „na, doki, itt írja alá, vagy kirakós játékot csinálunk a fejéből". Szóval tipikusan az a nagyra nőtt tápos csirke, amúgy meg egy kis pöcs. Az apja felvette a cégébe, csinált a fiából ügyvezetőt. Kíváncsi lettem volna egy egyetemen, klinikán mikor lett volna belőle vezető vagy főorvos, szóval ilyesmi. Úgy könynyű, ha mindent az apuka tapos ki neki, még a magánpraxist is.

– Gondolom, nem hagyta szó nélkül a posztodat.

– Persze hogy nem. Feljelentett a rendőrségen, majd a bírósági tárgyalások jöttek és jönnek még – sérelmi díjra hajt. Én meg arra, hogy az általam vásárolt ingatlannak a fele hadd ne legyen már az övé. Három éve pereskedünk folyamatosan.

– Régebben az ilyen ügyet gyorsan lezártad volna.

– Most is le tudnám, ami visszatart még (!), hogy az unokám apja a lányom férje.

– A lányod nem tudta volna katalizálni ezt az egészet pozitív értelemben?

– Nem akarta. Ő szereti feltüzelni az embereket, aztán viszszavonul. Például a bíróságon vele nem tudom bizonyítani, hogy amit feltettem a netre, az nem koholmány, hanem valós, vagyis nem rágalom. Hiszen azokról mind a lányom tájékoztatott. Viszont a bíróság nem kötelezheti, hogy a férje ellen tanúskodjon, aki tagadja a róla írtakat.

– A férje ellen nem tanúskodhat, de az apja mellett nem állhat ki?

– Ez egy ilyen világ. Morálisan.

– Te azért kifogtad a rokonaidat.

– A szülőket igen, azokat úgy kaptam. A feleségeket én választottam ugyan, de benéztem nagyon őket. Gyerekek? Stefiért harcoltam egy darabig, aztán elengedtem, 16 éve nem láttam. A lányom, akivel 30 évig jó kapcsolatom volt, azt írta három éve:

„ne keress, ne hívj többet", úgyhogy őt sem láttam az unokával együtt már több mint három éve. A kisebbik fiam jött el karácsonykor, a lányom meg a szeretet ünnepén sem áll szóba velem, de majd elszámol valamikor a lelkiismeretével, ha van neki anatómiailag olyanja.

– De ez neki jó lehet?

– Ezt ő tudná megválaszolni. Én elismerem azt a hibát, hogy a férjét nem kellett volna pellengérre állítanom, bár én évekig olyan viszonyban voltam vele, mintha a gyermekem lenne. Volt olyan 2 év, amikor anyagilag sokkal többet kapott tőlem, mint a kisebbik fiam. Nyilván amikor pökhendiskedett velem, hogy „éket verek a házasságába", arra lett egy reakcióm és kiposztoltam. Viszont azon állítások mind a lányomtól származtak. Továbbá a lányom kért meg arra, hogy segítsek jogilag megvédeni, ami az övé, illetve tőlem kapott. Lehet, hiba volt, de erre a lányomnak nem lehetne olyan válaszreakciója, hogy a saját apjával több mint három éve nem áll szóba, teljesen magamra hagy. Karácsonykor még az ellenséges katonák sem lövik egymást. Lehet, hogy ő orvos lett, most már belgyógyász szakorvos, de súlyos hiányosságai vannak morális téren. Mert nézd meg a szüleim viszonyát, milyen volt irányomba, és milyen volt az enyém a kölykeimhez. És én mégis bejártam apámhoz betegsége alatt látogatni, törődtem vele. Le sem lőttem, a lányom viszont lelőtt engem, igaz, csak átvitt értelemben, de ehhez kell olyan kegyetlenség, mint ténylegesen meghúzni egy ravaszt.

– Egyáltalán nem törődik veled?

– Mennyire törődik velem, arra mondok egy példát. Futtattam a kutyám kerékpár mellett, jött szembe egy tüzelő kutya, elrántott Derrick (mert így hívják a KÁJ-omat), eltört 2 bordám meg szétment a térdem. Egy betegszállítóval bevitettem magam egy magánklinikára, mert semmi kedvem nem lett volna a klinikai sürgősségin 16 órát várakoznom. Aztán két hétig pisáláskor este úgy tudtam kikelni az ágyból, hogy behoztam aludni pórázastól a kutyámat az ágyam mellé. Amikor azt mondtam Derricknek, „pis-pis", megfogtam a pórázát, és mivel 60 kilogrammos, volt ereje felhúzni az ágyból.

– A lányod tényleg orvos, már úgy értve, tett ő hippokratészi esküt, vagy csak a férjének az anyakönyvvezető előtt?

– Igen, de az ő esküje mindenkire vonatkozik, csak az apjára nem. Ő a balesetemmel kapcsolatban azt mondta, hogy megnézett a mentők rendszerében meg az egészségügyi rendszerben, abban ez az eset velem kapcsolatban nem szerepelt, így nem is lehet semmi bajom.

– Lehet, csak kitaláltad? Kiáltás szeretetért?

– Nem találtam ki, mint mondtam, a kettőnk közötti beszélgetés az csengő igazság. A lányomnak visszaírtam, hogy ezek szerint ha én nem vagyok benne az egészségügyi rendszerben, a life after life rendszerben, a post mortem rendszerben, akkor neki nincs is semmi teendője velem?

– Mi van akkor, ha egy éjjel meghalsz?

– Van itt a miniházamtól pár száz méterre egy kapcsolatom, akinél ha 10 óráig nem jelentkezem be, akkor átjön és megnézi, élek-e. Ha nem élek, értesíti a hatóságokat. Ha ez nem működhetne, elképzelhető, hogy halálom esetén hónapokig büdösödnék itt, a kutyám meg szomjan és éhen halna a kenneljében. Aztán a rendőrség még sokáig nyomozna a hozzátartozóim után. Egyébként egy barátomtól tudtam meg, hogy a lányom és a vejem elváltak. Szerintem túl jó dolguk volt. Hiszen hozzásegítettük őket – nemcsak anyagilag – egy orvosi diplomához. Kaptak egy magánházat, egy négy szobás, teljesen felújítottat, amiben én öt év alatt körülbelül hatszor voltam, vagyis hajnali ötkor nem csöngettem be hozzájuk zacskós tejjel, ergo nem zavartam köreiket. (Hasonlítsd össze ezeket az én kezdősebességemmel...). Volt két gépkocsijuk és jól fizető állásuk. A kislányuk keresztelőjén kérte a pap, mondják utána: „vállalom, hogy leányomat szeretetben, keresztény emberként nevelem", majd vejem kijavította a papot, hogy „nem vállalom, hanem vállaljuk". Ezután a pap megismételte: „Vállalom. Mint ahogy a Tízparancsolatban is van: „Ne paráználkodj". Ott nem azt mondják, ne paráználkodjatok, hanem te ne csináld, vagyis ott nincs kollektív felelősség. És mi lett a nagy vállalásból? Jó dolgukban elváltak. Neveli az unokámat Babuska, aki köztudott, milyen jó pedagógiai érzékkel bír.

Neveli a lányom, amikor éppen nem ügyel. Neveli a lányom új párja, Ákos, aki ölébe ültetve unokámat a Boci, boci tarkát játsz-sza neki a zongorán és bűvésztrükkökkel szórakoztatja. Ákost egyébként régóta ismertem, egy korrekt, rendes gyerek, az anyjával él, aki becsületességre nevelte. Aggódnak egymásért, többször előfordult, hogy éjszaka édesanyja rosszul lett és ő vitte kocsival a sürgősségire. Az elképzelhetetlen lenne, hogy azért nem állna szóba 3 évig az anyjával, mert az próbálta védeni az ő anyagi érdekeit egy olyan partnerrel szemben, akivel szét is váltak. Ez alapján miként tud egy ilyen nővel együtt élni? Biztos szerelmes. Félő, hogy ebben a kapcsolatban sérülni fog, mert a lányom a derekáig nem ér fel hozzá morálisan, még akkor sem, ha nagyon kapaszkodna. Egyébként Ákosról még annyit kell tudni, hogy egy békés, konfliktuskerülő ember, aki kérdezte a lányomtól, hogy miért nem akar találkozni velem közel négy éve, meg az unokámat sem engedi hozzám, aki már lassan iskolás lesz. Elmondta nekem, hogy leányom azt válaszolta neki, hogy ő csinált egy mérleget. Az egyik serpenyőbe beletette azt, hogy születésétől kezdve 30 éves koráig fogtam a kezét, tanultam vele, vittem mindenhova, százmilliós nagyságrendben kapott tőlem anyagiakban, az egyetemi vizsgáit „figyelemmel kísértem", és mit mondhatnék még: a Lányom Volt! A másik serpenyőbe beletette azt, hogy volt, amikor én sörfogyasztás mellett vezettem és külföldre más nőkkel vittem nyaralni, nem az anyjával. És ez a serpenyő elhúzta azt másikat, hogy a Lányom Volt, ezért úgy döntött, hogy végleg megszakítja velem a kapcsolatot, még a temetésemre sem akar kijönni, mert neki nincs apja!

– A kurva anyját! Szeplőtlenül fogantatott? Na, kezdjük sorjában. Te vezettél autót, amikor ittas voltál?

– Igen, előfordult több alkalommal is. Na de ezt úgy értsd, hogy megittam két sört és elmentem A-ból B-be. Biztos nem volt helyes, de sohasem volt balesetem és általában két sör nem befolyásolta a vezetésem. Hiba volt-e? Biztos. De gondold el, ilyen miatt hány leány tagadhatná meg az apját? Tele lenne a világ apátlan lányokkal, akik azért az apjuk által nyújtott pozitívumokat elfogadták, csak az apjukat nem.

– És miért vitted a gyerekeidet külföldre más nőkkel, miért nem az anyjukkal?

– Mint már említettem, a családban Atya keverte a lapokat. Amikor a szakszervezeti üdülőbe mentünk nyaralni Balatonra a gyerekekkel meg Babuskával, Atya akkor is ordítozott, hogy most kellett volna segíteni a lányának lekvárt befőzni. Így külföld szóba sem jöhetett, mert Babuskának mennie kellett a tanyára naponta gangot felseperni meg a tyúkok alól a tojásokat összegyűjteni. Én meg azért szerettem volna látni a tengert, meg a kölyköknek is megmutatni.

– Ti egyáltalán nem tudtátok élni a saját életeteket?

– Nem, a rohadt paraszt szülei miatt.

– És miért kellettek más nők az utazáshoz? Bár sejtem.

– Ez összetett dolog volt. Először is leszögezve: Babuskát 40 éves korában nem engedték el a szülei a férjével és a gyerekeivel nyaralni. Másodszor: nem akartam több ezer kilométert egyedül vezetni, meg ha rosszul leszek vagy bármi történik velem, mit csinál két gyerek egymaga? Bár Babuska szkeptikus volt e tekintetben, mert hogy ha a gyerekek betegek lesznek útközben, akkor azok a „kurvák" mit tudnak segíteni. Na, hát az egyik „kurva" gyerekgyógyász szakorvos volt, a másik gyógyszerész, akik eljöttek velünk nyaralni, mind amellett gyakorló anyák, és hozták a saját gyerekeiket is. Látom a mosolyt a bülbülszavú, eperajkú szád sarkában. Vagyis milyen funkciójuk volt még? Igen, mint említettem, Babuskának volt egy sajátos dress code-ja a 12 fokos lakáshőmérsékletre, ami a libidómra nem volt jó hatással, de most azt mondanád, nyár van, meleg. Igen, de Babuska nyáron disznót tartott bent a háznál is. Atyának volt a tanyán tehene, disznója, aki néha meglepett azzal bennünket, hogy hozott a házunkhoz is 10 malacot, neveljük fél éves korukig. Na, ezektől tényleg nem lehetett sehova menni, mert időben kellett óramű pontossággal etetni őket. Atya szerint az a legnagyobb bűn, ha a malacok megszokták, hogy reggel 6-kor esznek, és 7-kor etetjük, mert ilyenkor „elsírja magát a disznó és nem fejlődik". Hú, baszd meg! Viszont a disznók ólján volt alacsonyan egy kis bejárat, amit egy filc takart le, hogy meg ne fázzanak télen. (Bár jelzem, náluk melegebb volt benn, mint nálunk a házban). Ezen lehetett bebújva a tiszta szalmát betenni nekik, a szarosat meg kivenni tőlük. Természetesen erre a takaró filcre vagy szőnyegre rászartak vastagon. Na most amikor Babuska bebújt a lyukon a tisztacserére, ez a szaros filcszőnyeg végigszántott a haján. Így az ő hajának a disznónevelési időszakban (kb. fél év) folyton szarszaga volt. Ismered azt a magyar dalt, hogy „szagúlj bele a hajamba..." Na, ezt a szarszagot nem tudta nagyon kivenni a sampon sem, meg a tengeri sós víz sem kiszívni. Egyébként ő meg sosem szítta ki. Visszatérve kérdésedre, a sok akadályoztatása miatt Babuska többek közt ezért sem jött ki a gyerekekkel velem a tengerre.

– Én nem értek pár dolgot a lányoddal kapcsolatban. Mikor vitted őt az anyjuktól külön nyaralni?

– Úgy 14 éves korától 24 éves koráig, amikor még nem volt férje. De 30 éves korában a születésnapján szintén befizettem a férjével egy négycsillagos szállodába nyaralni (én a két orvost), ahol én is nyilván ott voltam, és ide már az unokámat is hozták.

– És ezeken a közös nyaralásokon jól érezte magát?

– Persze, hát több ezer fénykép is bizonyítja azt, hogy az öcsével jól elvoltak velünk.

– Hogyan telt a lányod 18. születésnapja, a nagykorúsága?

– Akkor is elmentünk külön ünnepelni, mert már akkor az anyjával is közösen, de nem velem tartották az ilyen neves napokat. Tőlem kapott két doboz fogamzásgátlót, egymillió forintot és egy forgótáras revolvert.

– Nem te lettél volna... Egyvalamit nem értek. Ugye azt mondtad, hogy 25 éves korára a lányodat öt ingatlanhoz juttattad hozzá, és nagy értékű ingóságokhoz. Gondolom, ez 18 éves korától folyamatosan történt, mármint az adakozásod. Sőt még 30 éves korában is közös volt nyaralás az unokával. Akkor mikor csinálhatta ezt a mérleget, ami alapján ő annyira kizárt az életéből, hogy a temetésedre sem akar kimenni? Vagy úgy volt vele, hogy az öreg az nem kell, de a pénze az kell?

– Nagyon így néz ki, Kismatos.

– Hát meg ne haragudj (de miért is tennéd), „ritka szarházi belgyógyász szakorvos doktornéni" lányod van.

– Your words, not mine!

***

– Korábbi beszélgetésünk kezdetén ott tartottunk, hogy neveli az unokámat az apja, meg annak szülei, akik a saját gyereküket sem tudták megnevelni és a gyerek előtt szidják exeik aktuális kapcsolatát... hát, a pap nem egészen erre gondolt.

– Szomorú ez?

– Azt mondta erre egyszer egy nő, hogy attól függ milyen aspektusból nézzük. Nem szomorú, tényszerű!

***

– Milyen az életed a miniházadban?

– Jó. Reggel felkelünk, öt kilométeres futás kerékpár mellett Derricknek, aztán főzök rá, nekem meg hozzák a kaját, mármint a menüt hordatom. Járunk kutyaiskolába. Sok a munka a kertben. Szinte hetente kell nyírni a füvet, hogy szép legyen. Locsolás, gyönyörűek a tujáim meg a magas törzsű rózsáim.

– Nem hiányzik semmi?

– Semmi és senki. Elég forgalmas életem volt. Sok emberrel sok kapcsolat, sok csalódás, csak a humor vitt előre mindig, meg olykor az etanol is. Néha van, amikor átmenetileg elhagy a humorom, amikor sokáig fáj a derekam, a lábam, vagy feljelentenek.

– Jó, hát ezt már megszokhattad, hogy ex-vejed rágja ezt a csontot.

– Ez most a vejem mellett történt párhuzamosan, hogy egy helyi, hattyasi lakos feljelentett, hogy rálőttem.

– Micsoda? Most szívatsz?

– Ezt már egyszer kifejtettem, hogy több szempontból sem tennék veled ilyet. Pillanatnyilag négy feljelentés van bent velem szemben, három az ex-vejem részéről, egy pedig egy féreg által tett hamis vád alapján.

– Mi történt?

– Volt egy hattyasi Féreg Robin nevű kutyás, aki később Gyálarétre költözött. Sokszor beszélgettünk egymással, mint kutyatartók. Több alkalommal volt, hogy a telkemen tisztítottam a shotgunomat, amit a kertem előtt elhaladtában ő is látott, és rákérdezett, hogy van-e rá engedélyem. Mire viccesen azt válaszoltam neki, hogy nem kell ahhoz engedély, hogy valaki lőjön vele.

– De van rá engedélyed, nem?

– Persze hogy van, sportlövész vagyok. Viszont látszott rajta, hogy ebből ő azt a következtetést vonta le, hogy én a lőfegyvert engedély nélkül tartom. Ő mindig póráz nélkül, elektromos rollerrel sétáltatta közel negyven kilós kutyáját, a felesége szinténúgy. Így nem tudták visszafogni, behívni kutyájukat, ha az egy másik kutyára, esetleg emberre vagy más állatra ráront. Kétszer előfordult velem kapcsolatban, amikor a saját kutyámat szabályosan pórázon sétáltattam, a kutyájuk megtámadott bennünket. Mindkét alkalommal én is megsebesültem. Egyszer a kutyám is megsérült, hiszen pórázon fogva nehezen tudott védekezni. Ezt ők is látták rollerről, de különösképp nem zavarta őket. Szóban kértem tőlük, hogy legyenek körültekintőbbek, mert kutyájuk gyerekeket is megtámadhat. Mivel erre sem reagáltak, írtam messengeren Robin feleségének, hogy ha ez harmadszorra is megismétlődik, akkor megölöm a kutyájukat.

– Na, erre a kijelentésedre biztos felkapják a fejüket az Állatvédők, a Zöldek meg a Sötétzöldek!

– Nem érdekel, mert elég sok kutyatámadást láttam már, ami tragikusan végződött. Lehet, hogy a BTK a „végszükséget" másképp értelmezi, de nálam ez a trendi. Mint ahogy azt már korábban is állítottam, hogy engem nem tudnának Olaszliszkán a gyerekeim előtt agyonverni, mert sajnos én egy ilyen kiállhatatlan, normaszegő ember vagyok. Az üzenetem után Robin pár nappal rollerrel megjelent a telkem előtt, kutyája száz méterrel előtte. Megállt, „bekurvaanyázott", kicsit várt még, majd komótosan elrollerezett. A térfigyelő kamerám ezt mind rögzítette. Majd két rendőrautó 4 rendőrrel kijött hozzám és közölték, hogy Robin feljelentést tett velem szemben, miszerint én gázpisztollyal rálőttem. (Jelzem, az újbudai késes támadóhoz 2023. január 12-én egy rendőrautó vonult ki három rendőrrel). Majd jött a házkutatás a három ingatlanomban, az uniós fegyvertartási engedélyem bevonása, az önvédelmi és tűzfegyvereim bevonása, rabosításom, és hajnali 3 órakor már haza is értem. Egyébként elmondták a rendőrök a kihallgatásom alkalmával, hogy ha öt percig még nem engedtem volna be őket, akkor szóltak volna a TEK-nek. Azok pedig úgy kezelték volna továbbiakban az ügyet, hogy a házban van egy fegyveres terrorista. Vagyis azzal kezdik, hogy lelövik a kutyát és rám rúgják a házam ajtaját. Ha történetesen én estére elmegyek a barátnőmhöz a másik városba, mert nem tudtam erről a hamis vádról, akkor ez lett volna a történés. Betörnek a házba, és nem találják ott a terroristát sem, és még egy gumis csúzlit sem. De a kutya ki lett volna terítve. Mondjuk ezután a továbbiakat már a CNN is lehozta volna! A nyomozási szakaszban azért látszott, hogy a nyomozó nem egy Maigret felügyelő... Két hét múlva felhívtam telefonon a nyomozót, hogy mikor kapom vissza a fegyvereimet, hiszen a helyszínen nem találtak gázpisztolyt, amiből az állítólagos lövést leadtam. Sőt szakértői vizsgálat alapján egyetlen fegyveremből sem történt lövésleadás. A nyomozó ezt viszont figyelmen kívül hagyta és azt mondta nekem: „Robin azt állítja, rálőtt, maga azt, hogy nem, vagyis egy állítás, egy tagadás".

– Hú, baszod!

– Egyébként többen kérdezték tőlem, hogy minek nekem önvédelmi fegyver. A válaszom azoknak, hogy itt kint a „no go" zónában élek, ahol éjszakánként tucatjával mozognak a migránsok, dacára a nagy falnak. Na már most, ha azon az ominózus 2023. január 12-én három fegyveres rendőrt egy késes drogos megtámad, és a rendőrök közül kettőt súlyosan megsebesít, egyet pedig megöl, akkor ezek a rendőrök engem nem fognak megvédeni.

– Pedig hát a szlogen: szolgálunk és védünk.

– Szolgálják is az aktuális hatalmat: ha a városban a nép pár kilométerrel túllépi a megengedett sebességet – mert a rendőr már nem irányítja a forgalmat hanem lesi –, akkor azokat súlyosan megbüntetik. Majd egy bonyolultabb nyomozás esetén „a lakosság bevonásával a lakosság segítségét" kérik. Tehát a „szolgálunk" részt azt értem, de a „védünk"-öt? Hát saját magukat sem tudják megvédeni. Tisztelet a kevés kivételnek.

– Jó, most abba ne menjünk bele, hogy az adófizetők pénzéből fenntartanak több olyan szervet, ahonnan a fegyverek visszanéznek. Engem inkább az érdekelne, mi lett a vége a Robin-ügynek.

– A Robin-ügy érdekesen zárult. Ennek az embernek jó hátszele volt a rendőrségen, dicsekedett ő ezzel már nekem is a konfliktusunkat megelőző időkben, meg bent a rendőrségen is a kihallgatónak. Ő egy olyan ember, aki nem tűri, még ha csak megkérik is a szabályszerűség betartására. Az igazság az, hogy megvádolt hamisan és abban bízott ő is meg a benti pártfogója, hogy a házkutatás alkalmával találnak majd nálam olyan fegyvert, amire nincs engedélyem. Az pedig legalább öt év letöltendő, a lőfegyverrel, lőszerrel való visszaélés. De nem találtak, továbbá állítása szerint gázpisztollyal lőttem rá negyven (!) méterről, ami értelmetlen dolog, hiszen egy 9 mm-es gázpisztolynak a hatótávolsága max. 5 méter. Az egész szituációt a térfigyelő kameráim felvették, ahol nyoma sincs lövésleadásnak. Sőt a videón megfigyelhető kutyák is nyugodtan viselkednek, holott ha lett volna dörrenés, az látszott volna a viselkedésükön. Valamint a lefoglalt fegyvereimből hónapok óta nem adtam le lövést. Mégis „egy állítás, egy tagadás" a retardált agyú nyomozó szerint, így a vádat bizonyítottság hiányában ejtették. Tudomásomra jutott az is, illetve benne volt a nyomozati anyagban, hogy Robinnal akartak velem egy szembesítést, de ő nem vállalta. Tehát nem lehetett rekonstruálni a helyzetet, hol állt ő, amikor én állítólagosan rálőttem, és hol álltam én. Ez ilyen kívánságműsor a rendőrségen? Felmerült bennem az is, hogy amikor a rendőrök kijöttek hozzám, hogy én valakire rálőttem, miért nem néztek meg rajtam lőpornyomot? Az egész egy megrendezett szemétség volt, amihez a „szerv" illetékes vezetői még asszisztáltak is. Vagyis az objektív bizonyítékokat egyszerűen nem vették figyelembe, és tele volt az egész eljárási hibákkal részükről. Aztán azzal próbált egy városi középvezető rendőr (aki azt vallja magáról, hogy determinált a gondolkodása, bár nem tudom, az milyen) belém kötni, hogy volt nálam egy lőfegyver, amit nem jogszerűen, a bejelentett tárolóhelyen tartottam. Ezért pedig visszavonják az ide vonatkozó összes engedélyemet, a fegyvereimet fél évre elkobozzák, és a rendőrségen való tartásáért nem kevés tárolási díjat kell fizetnem, valamint újból vadász- és fegyverismereti vizsgát kell tennem. Ezt a határozatot egy alezredes, jogvégzett rendőrnő is aláírta. Emlékszel még, hogy jellemezték a szegedi Virág cukrászdát?

– Nem, de hogyan jön ez most ide?

– Úgy jellemezték, hogy picsányi asztal mellett ülnek asztalnyi picsák. Na, ez a nő ilyen volt... asztalnyi.

– És te ezt a határozatot ennyiben hagytad? Mert nem úgy ismerlek.

– Nem, szó nincs róla. Megfellebbeztem a megyénél, ők megállapították, hogy semmiféle kötelezettségszegést nem követtem el.

– Azért az ciki, ha a megye mint felügyeleti szerv nem hagyja jóvá a város döntését. Az egyik helyénvalónak tartja, amit a másik nem?

– Igen ezt én úgy fogalmaznám meg, hogy nem tudja a jobb kéz, hogy mit csinál a szélső bal kéz. De úgy is mondhatom: nem tudja a jobb kéz, hogy mit csinál a balfasz!

– Tehát elismerték, hogy a tartási feltételekben is igazad van. Gondolom, visszakaptál minden fegyvert, engedélyeket, nem kell újbóli vizsgát tenni, és most már eltalálhatod szarva közt a tőgyét. Ezzel vége is lett.

– Azért én még tettem hozzá.

– Egyébként nem is te lennél!

– Igen. Az egész történetet megszellőztettem a sajtóban.

– Megint Disznófej vagy Légköri elnyomás?

– Nem egészen, most az volt a különbség, hogy a cikket nem én írtam. Egy országos lap, a Vadászkamara hivatalos lapja hozta le a nyomozati anyag betekintése után. Kétoldalas cikk, több ezer vadász olvasta és szerepelt benne az, hogy „Nagy probléma volt a hatóság téves jogértelmezése".

– Az igen! Ilyet egy országos lap csak akkor ír le egy „szervvel" kapcsolatban, ha nagyon igaz!

– Úgy bizony, Asztalnyi Picsa alezredes asszony tévedett. Többet ír (alá), mint amennyit olvas. Az pedig baj. Olvasni kell a törvényeket, a kormányhatározatokat, ha már kiseggelted a nagy seggeddel a jogvégzettséget meg a beosztásod. A beosztásodtól meg hadd ne essek hanyatt. Alezredesi rang? Hát Magyarországon öthetes képzéssel V. I. is alezredes lett!

– Ezt most mind nekem mondod?

– Igen, de az Asztalnyi Picsának címezve.

– Jó, szóval tiszta lettél, visszakaptál mindent, rehabilitáltak...

– Igen, csak fél évem és pár százezer forint ügyvédi költségem bánta.

– Na, pihenjünk egy keveset, hadd ülepedjen le bennem a shakespeare-i „hivatalnak packázásai".

***

– Akkor most van valami folyamatban lévő feljelentés veled szemben, ami fenntartja az éberségedet?

– Persze hogy van: a vejem. Helyesebben az ex-vejem. Mert, mint mondtam, elváltak a gyerekek. Ezt is, mint említettem korábban, egy haveromtól hallottam, mert ugye leányom a negyedik éve nem áll szóba velem.

– Majd a Karma!

– Hát igen, biztosan nehéz lesz neki a karmai közül megszabadulnia, de hát ilyen az élet, na meg az ő döntése.

– Mit tett már megint veled ez a körzeti orvos?

– Ugye vége lett egy bírósági tárgyalásnak, ami azért volt, mert egy közösségi portálon, ha nem a SWOT analízissel, de ecseteltem erősségeit. Jövünk ki a tárgyalóteremből, és a folyosón számomra teljesen meglepő módon szembefordult velem, kezet nyújtott és azt mondta: „én orvos vagyok, és ezért jó egészséget kívánok neked".

– Jól nevelt körzetis.

– Annyira jól nevelt és őszinte, hogy a kézfogás után pár óra hosszával a rendőrségen újból feljelentett.

– Ezt honnan tudtad meg?

– Onnan, hogy a kézfogás után egy nappal felhívott a rendőrség, hogy menjek be hozzájuk, de azt nem mondták, mi okból. Bementem, és közölték velem, hogy a vejem feljelentett becsületsértésért, mert azt is állítottam róla egy névtelen levélben, hogy azért nem vitték el katonának, mert ágybavizelős. Ennél fogva most ki fognak jönni hozzám házkutatást tartani, lefoglalják majd a számítógépeimet és ellenőrizni fogják, hogy szabályosan tartom-e a fegyvereimet.

– Mindezt az ágybavizelősség miatt?

– Igen. A házkutatásra két rendőrautóval mentünk, és hozzám, a 66 éves nyugdíjashoz 6, azaz hat rendőr jött fel a lakásomba. Kérdeztem tőlük, mi ez a nagy erődemonstráció részükről, mire azt mondták: „fegyvert tartok, és különösen veszélyes embernek számítok".

– A drogos, késes támadóhoz meg kiment három rendőr, ahogy a hírekben mondták, egyet közülük meg is ölt, a másik kettőt meg súlyosan megsebesítette. Úgy látszik, őt nem ítélték meg különösen veszélyes embernek.

– A látszat néha csal. Na, ott tartottunk, hogy kijöttek, de előtte megint „rabosítottak". A fegyvertartást rendben találták (mert azt is megnézték), a számítógépemet elvitték; azt mondták, megnézik, hogy találnak-e rajta a névtelen levélre vonatkozó szerkesztést. Megnyugtattak, hogy három hónap múlva visszakapom. Ennek már több mint 9 hónapja. Nemrég hívta fel az ügyvédem a nyomozót, hogy azt ígérték, három hónap múlva vissza kapom a gépemet. Erre azt mondta a nyomozó, hogy jó, akkor kirendelünk a géphez egy szakértőt, aki megvizsgálja, hogy történt-e rajta névtelenlevél-szerkesztés.

– Hát akkor eddig mit csináltak vele?

– Gyakorlatilag egy raktárban pihenhetett.

– Arra nem is gondolnak, hogy erre a gépre szükséged is lehet? Te nem csak a füvet nyírod és a saját meg a kutyád tökét vakargatod, hanem foglalkozol a szakmával is. Ha jól tudom, diplomamunkáknál szoktál témavezető lenni, opponálsz, ehhez azért nem hátrány egy számítógép.

– Nem csak ez a baj, hanem, hogy alapból szarul végezték az én esetemben a munkájukat most és korábban is! Amikor a sajtó is megírta, hogy „téves a jogértelmezésük", azt hiszed, Asztalnyi Picsa mondott annyit, hogy sorry? Semmit! Fel sem fogja, hogy hónapokon keresztül meghurcolt és nem volt törvényes. Pedig a közfeladatot ellátók, így a rendőrök is az adófizetőktől kapják a bérüket. Ha 50 helyett 52 km-rel hajtasz a városban, akkor megbüntetnek? Ha meg valami bonyolultabb bűnügy van, akkor a lakosság segítségét kérik? Egy rendőr haverom elmondta, hogy náluk az eligazítás így folyik: „büntetni, büntetni, büntetni!" Persze nem az intézkedő rendőrökre vagyok mérges, hanem azokra, akik kiadják nekik a parancsot, a sok „determinált gondolkodású" faszkalapra.

– Gondolj arra, hogy a te ügyed milyen kicsi pl. azokhoz képest, akiket a móri mészárlásokért tévesen elítéltek. Ha anno nincs az a hobbirégész, aki detektorral az erdőt járta, még most is ülnének. Vagy amikor Debrecenben megöltek egy önkormányzati képviselőnőt, és megvádolta a rendőrség a nő fiát a gyilkossággal, majd évekkel később kiderült az ártatlansága. A bíróság tehát egy ártatlan fiút mondott ki anyagyilkosnak és ítélt hosszú fegyházbüntetésre. És ilyen eseteket sokat sorolhatnék. Úgyhogy: tűrni kell!

– Hát tűrjél te!

***

– A kutya az gyerek- vagy unokapótlék?
– Ezt nagyon gyorsan fejezd be! A kutya nem pótlék! Ő Derrick. Hálás, feltétel nélkül szeret, nem ugat a hátam mögött, egy igazán jó kutyalélek. Azt mondják, akit az Isten szeret, azt megajándékozza egy kutyával.
– Szerinted szeret téged az Isten?
– Szerintem igen. Nemrég voltam gyónni egy jezsuita papnál, aki röviden megismerte az életem. Azt mondta, higgyem el,

engem szeret az Isten. Nem hagyott elveszni. A kutyáknak pedig igenis van lelkük. Hankiss Elemér mondta egyszer, hogy a pszichológusok két csoportra oszthatók. Az egyikbe tartoznak azok, akik azt állítják, hogy a kutyáknak nincs lelkük. A másik csoport azt állítja, hogy igenis van. Majd azt is hozzáteszi: azon csoport tagjainak, amely azt állítja, hogy a kutyáknak nincs lelkük, sohasem volt kutyájuk.

– Nagyon igaz lehet.

– Nem lehet, hanem így van!

– Figyelj, én kezdetben voltam neked a „kis barátom", aztán ugye Kismatos.

– Mit akarsz ezzel mondani?

– Azt, hogy ezentúl ha én szólítalak meg, akkor te meg legyél a „nagy barátom".

– Ha ez a kívánságod, akkor legyen így, de kérhetted volna korábban is, ha ez ennyire fontos neked.

– Szóval, nagy barátom, most egy hosszabb szünetet tartunk, mert konferenciára megyek külföldre. Amint visszajövök, szaladok ki a miniházadba és megdumáljuk, mi történt azóta.

– Rendben, vigyázz magadra!

– Te is!

***

– Hali, nagy barátom, hú, de szarul nézel ki, amióta nem láttalak.

– Úgy is érzem magam.

– Mi történt?

– Derrick meghalt.

– Micsoda?

– Mondom, a kutyám, Derrick meghalt.

– Az Isten szerelmére, mi történt?

– Sétáltunk az ártérben, majd megugrott egy őz. Utánament, nem tudtam visszahívni, vitte a vére. Sokáig üldözte, két betonutat is keresztezett. Az egyiket megúszta. A másiknál elütötte egy kamion. Elhamvaszttattam. A porát úgy gondoltam először, hogy beszórom a Tiszába. Mindig szerette a Tiszát, imádott benne úszni. Sokszor még télen is bement a vízbe. Aztán úgy döntöttem, hogy a hamvait majd betetetem a síromba.

– Mit mondhatnék? Semmit. Tudok valamit tenni érted?

– Nem tudsz, még magamért sem tudok tenni semmit. Derrickért sem. Kiszakadt az életemből egy olyan darab, ami nagy űrt hagyott bennem, amit sohasem tudok kitölteni. De nem is akarok. Gondolkodni is képtelen vagyok. Minden szeretet eltűnt belőlem a kutyám halálával. Felváltotta a félelem.

– Tudod, hogy minden egyes döntésünk a két gondolat egyikéből fakad: a szeretet vagy a félelem gondolatából. A szeretet az az energia, amely megnyit, kiterjeszt, gyógyít. A félelem az az energia, amely megköt, lezár, árt. A félelem sajog, a szeretet enyhít. A félelem támadó, a szeretet módosít.

– Szarok rá! Gondolod, hogy most pont ezeket akarom megvitatni veled?

– De hát a szeretet az nagyon fontos. Én is nagyon szerettelek. Utánam jött Zsóka, neki szintén nagyon fontos voltál. Aztán évekig Judith volt melletted, majd Viola. Ezek nem jelentettek neked semmit? Derrick is nagyon szeretett. Biztos fogtok majd egyszer találkozni egy jobb világban, olyanban, amit Tatád festett le a mennyországról.

– A halál után kell lennie az itteninél tökéletesebb dimenziónak, egy úgynevezett „más világnak". Mert ha csak ennyiből áll az Élet, a Világ – háborúk, hazudozás, korrupció, szeretetnélküliség stb. –, akkor ehhez nem kellett volna Isten, mert ekkora rakás szart én is tudtam volna teremteni. Gyere vissza pár nap múlva, nekem van most kis elintéznivalóm. Majd akkor beszélgetünk, ha lesz egyáltalán hozzá kedvem.

***

Kismatos vagyok.
Nem került sor további beszélgetésekre.

Nem gondoltam, hogy ennek a hosszú párbeszédnek a végére narrátor leszek. Ugyanis nagy barátom meghalt. Hátsó fali infarktus vitte el. Azt mesélték, a szülei sírjánál érte a halál. A mellette lévő síremléknél egy nő éppen rendezgette a virágait, amikor elmondása szerint tisztán, érthetően ezeket a szavakat hallotta: *Tosca, Traviata, Nabucco, Bajazzók.* Amikor a hang irányába fordult, abban a pillanatban borult nagy barátom ájultan a szülei sírjára. Azt mondták, úgy ölelte át szülei sírjának fejfáját, mint ahogy Mária Magdolna ölelte át Jézus lábát, amikor zokogva tette elébe egész elhibázott életét.

2022, Szeged, Téli kikötő út 21.

FÜR AUTOREN A HEART FOR AUTHORS À L'ÉCOUTE DES AUTEURS MIA KAPΔIA ΓIA ΣΥΓΓ
FÖR FÖRFATTARE UN CORAZÓN POR LOS AUTORES YAZARLARIMIZA GÖNÜL VERELIM S
PER AUTORI ET HJERTE FOR FORFATTERE EEN HART VOOR SCHRIJVERS TEMOS OS AUT
ÖINKÉRT SERCE DLA AUTORÓW EIN HERZ FÜR AUTOREN A HEART FOR AUTHORS À L'ÉCO
BCEЙ ДУШОЙ К АВТОРАМ ETT HJÄRTA FÖR FÖRFATTARE Á LA ESCUCHA DE LOS AUT
MIA KAPΔIA ΓIA ΣΥΓΓΡΑΦΕΙΣ UN CUORE PER AUTORI ET HJERTE FOR FORFATTERE EEN
ÖN ET SERZŐINKÉRT SERCE DLA AUTORÓW EIN HERZ FÜ
O CORAÇÃO BCEЙ ДУШОЙ К АВТОРАМ ETT HJÄRTA FÖ

A szerző

Szöllősy Ervin 1956.12.18-án született orvos apa és gyógyszerész anya gyermekeként. Szülei fél éves korában nevelő nagyszülőkhöz adták ki, mert a gyermek nevelése terhes volt számukra. Élete során ennek az elutasításnak pozitív és negatív hatásait egyaránt megélte. Több diplomája van, sok magasan kvalifikált munkakört betöltött Magyarországon és külföldön egyaránt, mielőtt nyugdíjba ment.

Kedvenc időtöltése a kertészkedés és a terepfutás kutyájával (Derrickkel, aki egy 70 kg-os KÁJ).

Különleges képességei a speciális lőfegyverek és keleti harcművészeti eszközök fegyverkezelése, amit a Kung-fu és más harcművészeti szövetségnél sajátított el az ön-,objektum-és személyvédelemmel együtt.

Ki Ő valójában?

Nem tartja magát sem mérnöknek, sem szakközgazdásznak, sem tanárnak.Ő egy olyan személy, aki véd- és dacszövetségben, falkában él kutyájával, elszigetelődve az emberektől.